内文插画：农夫

暂停键

〔马来西亚〕黎紫书 著

人民文学出版社

著作权合同登记号 图字 01-2022-4557

图书在版编目（CIP）数据

暂停键／（马来）黎紫书著．—北京：人民文学出版社，2022（2023.4重印）
ISBN 978-7-02-017334-1

Ⅰ.①暂… Ⅱ.①黎… Ⅲ.①散文集—马来西亚—现代 Ⅳ.①I338.65

中国版本图书馆CIP数据核字（2022）第128087号

责任编辑	付如初　王昌改
装帧设计	陶　雷
责任印制	宋佳月

出版发行	人民文学出版社
社　　址	北京市朝内大街166号
邮政编码	100705

印　　刷	北京盛通印刷股份有限公司
经　　销	全国新华书店等

字　　数	107千字
开　　本	850毫米×1168毫米　1/32
印　　张	7.75　插页6
版　　次	2022年10月北京第1版
印　　次	2023年4月第2次印刷

书　　号	978-7-02-017334-1
定　　价	49.00元

如有印装质量问题，请与本社图书销售中心调换。电话：010－65233595

新版序

那时候,『远方』还是远方,思念也还如牵牛星与河汉女,盈盈一水间,脉脉不得语;是一种充满祝福的、最温柔的想望。

——《新瓶子装旧灯火》

新瓶子装旧灯火

写作多年，最忌讳的事莫过于重读自己的旧作，尤其是少作，更尤其是小说。那些年轻时绞尽脑汁敲打出来的字字句句，曾经叫我窃喜于灯下，可历了些沧桑后，看在今已老去、越来越敏感却又多少有点畏光的眼里，便显出了当时灯影的乖张和虚无，也显出了彼时自己的浅薄，便总是越读越尴尬，恨不得放把火，将世上的它们全给烧毁。

散文随笔却是另一回事。我有我时时念想的某些文章。譬如这一本《暂停键》，自十年前结集后总被放在随手可得之处，以备心念一动翻阅。里头的文章大多短小，无非都是博客时代写下的心绪。那些年我辞亲去远，由东而西，客途多愁，异域生活又奇趣横生，不乏值得记录下来的点点滴滴,于是顺着潮流,把博客写成日记。正由于毫无"创作"意图——既不为发表争稿酬,也不为冲刺文学奖逐利争名,这些短文便不被我视为"作品",对它们也就不像对待文学,敢于苛求。它们是我当时写的"书信",写给世上为数不多的、所有关心我的人。

对于我这种人,博客时代真是个好时代。那时候手机的进化尚未完成,不足以主宰世界和控制人类的社交生活,人们还能有那么点时间和闲情在电脑上书写日志,并且有耐性阅读千字以上的"长文"。我也喜欢那个时代没有将人与人之间的空间距离压缩得太过厉害,网速不太快,手机像素不太高,聊天工具亦不至于太过发达。那时候,"远方"还是远方,思念也还如牵牛星与河汉女,盈盈一水间,脉脉不得语;是一种充满祝福的、最温柔的想望。

在那个时代里,我在"和讯"上算是占了微尘之地,有了自家不起眼的小院落,却也偶有路人无意间一瞥,留下了印象,抑或攀谈几句,从此神交。以后于寂寥时或生活的无明处,这些人当中,有者会忽然想起我,夜里上网寻到我的小院来,或纯阅读,或诉衷情。虽说素昧平生,并且互不期待有朝相会,可为了这些人,我也时时惦记着要更新博客,像是为了所有可能的路过者在门外留一盏灯。

博客时代短短数年,很快盛极而衰,花期不再。人们在网上有更缤纷热闹也更拥挤的去处可以扎堆,而为了迎合指尖在手机屏幕上滑动的速度,百来字要成文章;写字随时随地,与吐痰无异。我没有什么好恋栈的,有一天弃院不顾便头也不回。在我的想象中,那以后"和讯"成了被遗留在太空中的一座庞大的弃城,千门万户犹在,也仍然装载着被人们转码成文字的,恒河沙数的时光、情感和回忆。但城里无人,从此此城漫无着落,在另一个次元里漂浮于无垠的虚空。

我对"存在"高度自觉,又从小不合群,是个做好了准备被时代淘汰,也准备好了要淘汰时代的人。放弃博客何难之有?况且我还比别人幸运,得以把博客时代里最珍贵的收藏都复刻带走。它们被结集成册,流落书海,等于一个一个漂流瓶,等待被人捞起。当中可能有过去曾在网上萍水相逢的旧雨,更多的是新知,也就像当年那些身份不明的路人。

只是我万没想到，这书十年后竟有机会再版，以全新包装重新投入书海之中。因为这机缘，我终于集中地，将全书每个篇章都重读了一遍。那感觉如同一张一张地翻阅过去在旅途中我给自己寄的明信片，那些在某时某地，我要对远方的、未来的自己诉说的痛感和轻微的顿悟，字里行间的那些事那些人，今日仍然如沉落在时光溪流中的石头，在月夜里幽幽发亮，甚至比过去书写时更清晰更温润，更让我动容。

这两年进入休养期，暂无新作品，不少出版社前来打探旧作重出的可能。我对自己的其他旧作，多数时候用的是长者看年轻小辈的目光，总觉诸般不顺眼，又总认为若让今日的我重新再写，必定大相径庭，远为出色，因而对于让少作重新曝光，总觉得勉强。但散文随笔终究是不同的，它们是生命中某些被我用文字定格的珍贵光景，那光景里的美与感动，那许多被凝固起来的灵机一动，像每一道闪电顷刻即逝，只能在人生中出现这么一回，仅此而已。因此就存在的意义而言，它们每一篇都完美无缺，换今天的我或以后的我，即便用一支千锤百炼的笔，也绝不会写得更好了。

　　这部集子的各篇章都书写于十年前。十年已够我凑足知天命之数，但书里的篇章显然不老，它们是人生被封存在琥珀中的刹那，始终保持每一个"当下"的悸动与惊诧。我觉得它们甚好，每一篇都蕴含初心，就连当时为旧版所写的序，我重读时也感觉到自己写得全心全意，倾出了所有的真诚。它如此的言无不尽、难以超越，以至于我在为这新版写序时，三番两次冲动，想要抄袭旧文。

　　为防止我终于忍不住挪用旧文，把原话再说一遍，这序，就该到此为止。因为钟爱这书，对它有一种无关文学的、纯粹浪漫主义的想象。寄望它散落四处，终于也会有人翻开它，能感受到那一朵十年不熄的微火，一盏为未知的路人亮着的灯。

2022年7月11日

自序

——

在一种维度中我们生存如肉体,在另一种维度里我们生存如灵魂。

——费南多·佩索阿《惶然录》

自　序

那是在 QQ 上一个群里的闲聊，某个年轻网友说起生命中某个特定时刻，就一瞬间的事，像脑中有根火柴"嚓"一声兀地燃烧起来，便像盲者突然看见刹那的光，第一次看见世界在光里的形体，便忽然对自身的存在有所意识。

他说到某个友人少年时对着浴室镜子漱洗，莫名其妙地，忽然对自己在镜子外面所立足的"真实世界"感到怀疑和踌躇。镜子还是每天早上面对着的同一面镜子，但就那一瞬它忽然变成朝另一个世界敞开的一扇窗，尽管它像眨眼似的飞快地合上，但你已无可避免地瞥见了"窗外"。这窗是你从未察知的另一面镜子，它延伸了"世界"的空间感，多少照见了你在人世中的位置。

这位网友自己有过近似的经验。他说那是少年时骑自行车经过一片荒地，因四野无人，他在那广袤无际而荒凉之极的境地中独自赶路，忽然觉得高空中有另一个自己正冷然注视着地面上那骑车少年的背脊。那一刻他觉得自己清楚"看到"了那荒地有多辽阔，自己又有多渺小。

这种经验于我并不陌生，只是我不记得自己是在怎样的情况下第一次产生那种"存在的自觉"。而我甚至不认为那真是存在意识的一次启蒙，我以为那是因空间感的压迫（可能是过于局促，也可能是过于广阔）所引发的孤单、心虚和联想，或者说，一种存在的幻觉。而以后，我们长大，那腌渍在回忆中的幻象渐渐变味，慢慢被我们美化和升华成了充满玄学或哲学意味的一种成长仪式，它如此神圣——我们第一次在世界中察觉了自己。

但就连这脆薄的想法也有它的反面，我会更倾向于相信那镜像中的"真实"——并非我们在世界中察觉了自己，而是我们终于意识到世界了。

我们是以自己的所在为意识的立足点，联想到这世界可能有的深度，它的多层次、多面向、多维度；它所有的可能性与所有不可测的未知。

我以为"存在"不必然与空间相关，那不在于占地多少，不在于镜子的这一边或另一边，也不在于高空中俯瞰的双目对比荒地上身影渺小的少年。两千多年前，不是曾有庄周将存在意识托于梦与蝴蝶吗？数百年前也有笛卡尔说"我思故我在"。而我想，"我是谁？"比"我在哪里？"更像一道关乎存在的习题。

就是去年的事吧，有个来自同乡的长者在往来的电邮中说我是个存在主义者。是因为我拒绝了对方帮助我到大学深造的建议，说，我知道该走怎样的路去培养自己。说这话的时候，我已届不惑之年了。当时人在异乡，正计划着要暂止持续了快五年的行旅，回到老家去陪陪母亲，同时也静心观察与思考未来的路向。看见那长者在邮件里所提的"存在主义"时，不知怎么我笑起来了。嘿，"主义"我是不懂的，但我知道，也体会了"存在"。

我以为我的存在，从一开始就只是个想象。许多年来，我信奉想象的力量，它恩宠具有追逐勇气和实践能力的信仰者，驱动他们依自己脑中的图景与心中的想望去进行创造。而我一直觉得此刻坐在这儿写着这篇序文的我,其实是我年少时坐在课堂里,于午后腾烟的日光中遐想出来的人物。那时我在练习本上练习签名,写出了"黎紫书"这笔划繁复的名字。邻座同学后来睨一眼两页纸上横七竖八画满了的名字,问我黎紫书是谁啊,我抬起头回答说那是我。

那是我。

就那样,一个本来不存在的人物,仅仅从一个名字开始,以后渐渐被经营出属于她自己的形象、经历和人格。我总觉得我是这一个"自己"的创造者和经营者,以后再无可挽回地慢慢成了旁观者,见证着这个无中生有的人物,建立起她自己的存在意义和价值,直至我再也无法驾驭她的志向和命运,像看着一只虚构的蝴蝶从梦中的幻境飞到了现实。它兑现了自己,飞向它所意愿的方向,于是它就是这世上一只真正的纯然的蝴蝶,不再附属于我个人的想象。

现在我坐在这儿,苦思着生命中若不曾如此殷切地想象过这样一只蝴蝶,并且相信它,让它终于壮大得可以冲出那气泡般脆弱的想象本身;如果不是它说服了世界成全它的存在,甚至引着我放下手中的一切,追随它去走一条迤逦漫长的路,此刻的"我"会是谁?是怎样的一个人?正在干着什么?

多年前,我写过《乱码》,其时是随笔而写,也不觉用力,可以后每每我回过头去,它总是从狭长的过往最先荡来的一道清晰的回声。现在我会幻觉自己在写的时候就准备着要回答未来的许多提问。那文章记录了我对沦陷于凡俗生活的惶恐,对于"自弃"与出走的渴望,以及更重要的——那个生于想象的"我",已经存在了。

那文章写了不久以后,我选择了行旅,从南洋出发,先往北,再往西。在意识深层,那是与这世界上另一个"我"的会合与私奔。那不是现实与虚构两个世界的交错,而是她们将永远地汇合,此后朝着同一个方向奔涌。那是我在追随一只被梦孕育而生的蝴蝶,不知道将往哪里去,只知道当"我"已意味着"我们"的时候,最理想的生活状态应该是流动的,能走多远便走多远,每个"此地"都不该过于停留。从此我会遇上许多人,有许多新的阅历,目睹耳闻不同的故事，会面对不曾有过的冲击，积淀许多感受和想法。

就在这行走的几年里，我比过往任何时候都更专致于写字。我不说"写作"，是因为这期间写下的许多文章，尤其是这本书里的随笔小文，在写的时候丝毫没有"创作"的意图。它们在本质上更接近日记，多是出于我在路上想记下点什么，或是要在部落格（博客）上发点文字，好让这世上关心我的人们知道我无恙，又在生活的汪洋中时而航行时而漂流地去到哪个点上了。

真说起来，除了仅有的家人与少数几个结交多年的朋友以外，真实生活中不会有几个时时念想我的人。但我已经是"我们"了，那个生存如灵魂的"我"，是一个总是被思慕着的人。那些与我素昧平生的人们在各自车水马龙的生活里，常常会在静寂的时候倏地想起我来。他们在难眠的夜里亮着一盏小灯重读我的文字，或是上网摸到我的部落格里给我留言，有的纯粹问候，也有的为了表达爱与念想。

这些人在精神上是我的知交，是我成为此刻的"我"的促成者，然而他们并未晓得自己给了我写下这些随笔的动力，也不知道自己一直就是我说话的对象。那些在深夜里写给我的留言，于我是旅途中收到的信笺和祝福，让我得以排遣路上的寂寞。

如今我要暂止行旅了。这本书是过去那一段在路上的岁月留给我的纪念品。

2012年4月26日

目录

寄北

- 003 写意
- 007 37协奏曲
- 011 清明志
- 017 夏季快板
- 022 尾声
- 027 当时明月在
- 032 醉不成欢
- 035 秋日症候群
- 040 爱别离
- 045 射手座人语
- 049 年度祷告
- 054 静思雨
- 059 笑忘书
- 064 二月雪

西走

071　晚上九点的阳光
075　暂停键
080　左手世界
085　遣悲怀
088　行道
093　梦有所
099　听·从
105　日月迈
111　在我很安静的时候
117　在那遥远的地方

逐处

127 离骚
131 湛寂时
135 魔镜
139 味觉成都
144 越境速写
151 一月的河
155 字家
161 你不是别人
168 瓶中书
174 耳语

良人

- 181 挽
- 184 空格的隐喻
- 188 方寸
- 194 印象派女人
- 198 当我们同在一起
- 202 掌故——致艾德里安
- 207 拾朝花

附录

- 215 乱码

寄北

> 这所谓祖国,所谓原乡,成了我岁月中的宾馆,生命长旅中的驿站。
>
> ——《射手座人语》

写　意

　　我在等。春天，还在传说中。雨最先来，而除了雨，我觉察不到春意。于是这周末，唯有"小楼一夜听春雨"。还有雷，像在高空的一盏镁光灯；有一下没一下，电光火石。谁知道呢，也许是外星人在记录地球上的这个城市。

　　春是怎么回事啊。楼下的树木依然形容枯槁，草坪上的新草也稀疏得很；天空灰头土脸，厚厚的云层是她穿了整个冬季没洗的脏棉袄。可怜那一排在大路旁站岗的瘦树，好不容易熬过去一个冬天，竟然在这时分被工人们全部放倒。远一些的两条小路，两个月前才费了些周章重铺一层柏油和石子，这两天却被独臂机械用巨大的耙子刨开。因为这阵子天阴雨湿，覆水难收，破败的大路上终日水汪汪，这下连小路也被没收,"蓬莱此去无多路"矣,交通忽然变得极不方便。

　　下雨的春天傍晚,我坐在窗台上看这些不可理喻的日新月异。几天前倒在路旁的树干已经被清理,被铲除了的路也覆上泥沙,与两旁的颜色和材质衔接起来,天衣无缝,几乎像是经过高手毁尸灭迹,完全看不出树或者路存在过的痕迹。我得为此发个呆吧。曾经那么努力扎根的树就如此轻易消失了。路呢?人们早上才走过,傍晚回来遂迷不复得。此城真像个离奇的魔法衣柜,所有变化都可以意气用事,无逻辑可循,无怪乎外星人要来拍照留念。

　　说到魔法衣柜,不期然想起小叮当停泊时光机器的抽屉。那是小时候觉得最炫最神奇的时空观念。钻进一个不起眼的书桌抽屉里,乘坐时光机这里来那里往。记得那时光隧道里飘浮着许多变形的时钟,如同萨瓦多·达利魔幻的画。但现实里我们在时光中无机可乘,看看这城,无时无刻不在改变它的布景,此刻你不认真看它记住它,也许下一刻就要失去。想那春季远游归来,没准儿也会迷失,或跨踌在门外不敢入内。

因为雨，天很早便暗下来。雨色蒙蒙行者寥落，此景乏善可陈，像个搭好了但未有戏上演的舞台。我拉上窗帘的一瞬，外星人又咔嚓咔嚓多拍了两张照片。又像神祇在眨眼，投石一样，激起我脑中的灵光。没地想起那一句，"多情自古伤离别，更那堪冷落清秋节"。电光再闪，看见小时候在大伯公庙演酬神戏的铁皮棚子，日间观者稀，台上演出的都是些没精打采的老伶，服饰业已褴褛。妆化得十分敷衍，凤眼勾不住已逝韶华，而白脸裂裂，如破败的墙。

天要黑了，暮霭沉沉，正是练瑜伽的好时段。不亮灯，室内留光一束，由电脑屏幕去投射。天色愈稠，白墙上放映的人影便愈清晰，乃至十指可辨。配上一室古韵袅袅，觉得那墙像在播放着一个人的皮影戏。想起洞壁敦煌，这瑜伽于焉有了点乐感，恍惚修炼恍惚舞。眼镜蛇式似乎做得更流畅灵动了些，影子像一个不再附属于我出窍了的魂魄。

这白墙和投影要比一面全身镜更具情趣和意境。它胜在似是而非。空间感如梦似幻，境界便能无限延伸。人世中能禁得住一个大特写镜头的物事并不多，看得太真切，也就是在封禁事物背面那个无垠的想象空间。生活如同肉身，都在僵化，都有太多局限，都是生命的桎梏。听过某瑜伽导师说，我们在日常生活中做太多前倾的动作了。是的，一如苹果必须打在牛顿头上，前方或许也有个未经考证的万有引力。且看肉身的生成，我们的进化，世世代代都像蛇听见弄蛇人的笛音，在在呼应着"前面"的召唤。而所谓修炼，往往是在身心上对各种引力的一种抵抗。

盘腿吐纳的时候，雨声已歇，魂未收齐，我又想到最近老在想的，要到内蒙古走一趟。不知春是否已经在那里摊开她的新草席做日光浴了。想到草原让我骚动。想到草离离，风猎猎，想到"天河涌云逐单骑"。想到路的隐没，地平线的远退，想到马蹄踏着归雁的影子。而这时我睁开眼睛，看见烙在墙上的孤影。她双掌合十，一派自得，似未发现我的心荡神驰。

37 协奏曲

醒来后犹能记住的,我一般不把它称作梦。我习惯了梦的常态,它像一根棒冰搁在仲夏夜虚幻的故事里。像古人烧香为限,棒冰全融了故事也就如同灰烬掉落。醒来后我会因梦过而恍惚,仿佛有一部分游离的魂还迷失在梦乡寻不着出路。但我总会忘记那些梦里的情节与人们。就像我记得自己通宵达旦地吃掉许多棒冰,但我一点记不起个中滋味。

能记得住的那些,我把它视作意识中的摄影。那很累人,就像彻夜扛着一台摄像机在跟进自己的意识。而今晨醒后我仍然记得那些宽敞、漫长、几乎无人的夏日街衢。我在那街上看见自己的老同学,她们零零落落地坐在不同的店铺前，有时候是在一个"禁止鸣笛"的指示牌或一根看来像昨天才刚竖起的电线杆下，织毛衣、打盹或纯粹晾晒自己。她们之间互不往来，偶尔翻起眼，用长者那样慈祥又带点腼腆的目光看向我的镜头。

无所事事的姿态让人看来臃肿而老迈。人们多么悠闲，把织好的毛衣或围巾一件一件披挂在自己身上。来个什么奏鸣曲，A大调。乌鸦与白鸽在电线上倒挂，依序排列成钢琴的键盘。城镇好大，路无穷尽，我一定穿着滑轮靴吧，影像十分流畅，如平原上的风那样滑过人们沉静的面容。

可惜我终于是看不见自己的。我的摄像机经过那些店铺的橱窗，那里面陈列着一些老旧的弹珠、假首饰，以及毕业时我们互相交换然后失落的纪念册，却没看见玻璃上有我的镜像。然而我知道自己仍然是个孩子，也可能是个少女，要不然老同学们不会以老奶奶般，微愠但宽容的脸迎向我的观景窗。

给你们配一曲Bregović的Lullaby，电影《玛戈皇后》。我抬头，广角镜里的蓝天流云如泻。朋友，难道我们真要这样把余生寄养在这空无的边城？就这样，坐在每一个自己选定的路口,趁时光不觉,偷偷预支明日的午憩。在轻微的鼾声中,空茫地等待空中播放属于自己的片尾曲。如果人生就仅仅如此,我已经选好了,《猎鹿人》里的 Cavatina。

醒来时我心有不甘。就因为天亮吗?竟如此无力地淡出我自己拍摄的梦境。梦若可解,要解的便是这种自己设计的片段和场景。孔子说他三十而立,四十而不惑,五十而知天命;朱大可说他很早便洞悉了自己的命运。而我活到这岁数,才逐渐明白自己尚未完成,至今仍然是个毛坯,一个尴尬的半成品。是以这"梦"倒映我的困惑与彷徨:不相信边城之为天涯,不相信独占一个路口就能坐成灵山。

思考真是种了不起的能力,日有所思故夜有所梦,它让轨道绵延到梦乡,以虚幻的形式呈现出现实生活的倒影。老同学们,你们又要说我想太多了,听一首歌,看一出电影,读一首诗或做一个梦,怎么都有太多的反驳与诘问。别担心,请坐在那里继续编织我们的生物性:为人女,为人妻,为人母,一件一件完成,一层一层披戴。我以为向生命提问是沉思者才有的权利。是上帝,是上帝,出门时祂让我从袋子里抓一把什么东西，对我说，拿去，去完成你自己。

　　让我再多尝一口存在的滋味吧，人生，譬如朝露，去日苦多。思考让我相信自己是受上帝恩赐的孩子。所以我才能有那样一个非分的梦，为岁月与命运剪辑一个三分钟的短片。相信我吧，在我梦乡中的边城，你们多么美丽，十分安详与笃定，仿佛相信自己已抵达神所应许的迦南地。而我，当初在上帝的袋子里拿的不是织针与毛线，却贪心地抓走一大把鱼钩。

　　明日是妇女节了，举起你们的酒杯吧。让我给你们有点空茫的午后斟满新酿的笑话——关于那些鱼钩，后来我才明白：原来它们不是鱼钩，都是问号。

　　都只是问号。

清 明 志

春梦浅而单薄。别碰我。看,春煦微亮即穿透了它。梦里的我正低头收拾行囊,被那乍现的金色晨曦惊了一下。我从梦里转过脸来,发现梦出乎意料的剔透,看得见夜寒犹如露珠,点点滴滴缀于梦外。于是我愣在那儿,太阳攀到某楼宇的天台上看我,看我多么像被标本在树脂中的一只虫蚁。

城市看起来很新。新得有一股刚髹过的,装修中的气味;新得像施工中尚未完成。飞扬的沙尘让阳光里的景色看似微粒粗糙,有一种过度曝光的味道。但这终究还是一个老世界。太阳是上帝说有光,于是给自己亮了一盏台灯的老太阳;自从在后羿箭下逃过一死,侥幸活下来便岁以亿万计。地球是初绿的春草下无数次蜕皮龟裂又多少次重新整合的地壳与山河；千年的文化古旧的历史。而人还是老样子，人为财鸟为食，疲生劳死。

"早晨的世界已经古老"，是在本·奥克瑞的小说《饥饿之路》里，最后一个被我用橘色荧光笔画起来的句子。尼日利亚诗人用七百多页厚的书吟唱黑色大陆上的生死与希望。读完它正好赶上清明，也刚好回复了旧友要我填写的问卷。卷中最后一道问题是：当你离开，你最希望别人记得你的是什么？

我记得在老家的时候，每逢清明时节，总得与家人到义山去拜访那些已经离开的人们。我却不记得这些躺在墓中的逝者，甚至也记不住那些去寻访的路。义山多坐落偏郊野岭，山上望不尽的丘陵和数不尽的巨坟与荒冢。幽径很多，大多蜿蜒如蛇，见人来便鬼鬼祟祟地钻入不久前才稍加整修过的野草丛中。每年我们都得花些时间去辨认。时节的雨让路变得难认又难行，而车里的仪表板没有指南针或罗盘，我们只好走下车来，把识途之事交给记忆和眼睛。这时候，平时在家中终日昏昏的老妪会突然清醒，面东南指西北，喏就在那里，有路可循。而仿佛她说了以后便真有小径豁然开展，像墓中的逝者先认出她的声音，遂过来拨草相迎。

墓是个夫妇合葬的穴，碑已修好，已逝者生于何日卒于何年。至于老妪的那一边，卒年未知，便涂以红漆，状如裁判手上的一张红卡。放头像的位置是一个直竖的椭圆形，妇人的头像暂时悬空，上面的红漆已然斑驳。逝者的瓷照不知哪年哪月被恶意破坏，已经居中裂开并坠落下来。我记得那年老妪把分成两半的瓷照捡回去，家人说要再修，她却执意不从。每年的这个时候，我都会对老妪感到好奇。一个活人年年要来收拾自己以后的葬身之处，看她戴着宽檐草帽，蹲在自己的墓前默默除草烧香，向逝者的一生与自己的此生奠酒上祭。看她的不动声色，偶尔抬眼端详碑上的文字，真怀疑她难道可以不去想象死后要与睽违二十余载的丈夫共穴长眠？而一个合葬穴，封建得命运似的，几乎像是许来生。

当然我也会想，彼时彼刻，逝者若泉下有知，又该有怎样的心思。而二十多年，别说地下的骸骨或者已天人合一，兴许连灵魂也早已云消烟散。不如举杯吧，"一樽还酹江月"。

所以我会希望别人记住我什么呢？或许我们都希望自己的活着是一件有价值的事，然而我们若有能力为自己的生命创造出什么价值来，那价值本身也总是相对于某些人才会产生意义。倘若"别人"不是我生命中重要的人，我何必在意他记不记得我？而我此生或曾是别人生命中至关紧要的人，那即使离去经年，即便没有了可供记认的头像，那人心里总会有记忆我的一套方式与符号。

在我觉得初春依然十分寒冷的时候，这里的草木已经展现出它们坚韧的生命力来。昨日我在路上看见桃花盛开，忽然觉出岁月的美好、大自然的执着与生而为人的脆弱。想起纪录片中极地求存的帝企鹅，想起每年冒死奔游到同一个地点产卵的湄公河巨鲶。还想起什么呢？想起那些年年远走三千公里，为了一方水草地而险渡马拉河的非洲角马。有时候我会羡慕这些动物世世代代坚守着那样简陋的生存法则，而玄妙的是，明明以为是送死，竟又是往生。

比起动物，人类大概要复杂些，但其实并没有聪明或进步了多少。前些日刚读了些学者重新评价孔子和鲁迅的文章，不免要生叹喟。我们竟走到了这种地步，再也无力创造新的大师，唯有世世代代拿着旧典籍，解读它们，选择拥护或破除，再从拥护者和破除者中推选名家。这样的生存让我有一种很局促的空间感，人们仿佛真以为这里已种满了几千年几百年的参天巨木，再也没有足够的土壤让新草木去寻找生存的出路。

我就这样活在比昨日更古老一些的世界里。像个成不了仙的精灵，喜欢坐在树的浓荫下，过着贪懒好逸、天天喝咖啡读闲书、如春梦般虚幻浅薄的小日子。偶尔也感叹年与时驰，意与日去，却自知从未努力要记取什么。世界是这样的，路能引来祭奠者，也可以带来破坏者。如果我可以不要墓也不要碑，又岂会在意那一条年年召唤寻访者的小径？

话说得潇洒，而我终究活得比其他动物要复杂些。有时候会意识到自己在对抗自然界的定律；对抗悖逆自然的城市发展；对抗命运书写者的草率，人世的不公，命途的舛驳；对抗偏头痛和美尼尔综合征；对抗欲望、奢想、思念、冷漠、空洞。我想到"流放"这个词，我以为到世上来这一遭，我们都是苦行者。我唯独不知道现实或者梦境，生或者死，哪一种才是流放的状态。

夏季快板

阳光什么时候才可以干净一些呢?

干净得可以让我像一只小狗那样,安心地躺在庭园的草坪上睡觉。干净得连睡着的时候,也忍不住伸舌头舔一舔落在唇上的它。

然后我就记起了加州阳光的温度。圣塔芭芭拉大学里的年轻人,踩着滑板疾驶在校园的人行道上。我想起与哀愁无关的一切。听听 Gary Jules 的这首歌,*Something Else*。

>They never tell you truth is subjective
>They only tell you not to lie
>They never tell you there's strength in

vulnerability

    They only tell you not to cry

    But I've been living underground

    Sleeping on the way

    And finding something else to say

    Is like walking on the freeway

    They never tell you you don't need to be ashamed

    They only tell you to deny

    So is it true that only good girls go to heaven

    They only sell you what you buy

    I've been living underground

    Sleeping on the way

    And finding something else to say

    Is like walking on the freeway

    Trying not to burn

    Finding something else to learn

At Hollywood and Western

在吃山楂饼，抱膝，喝暖开水，看谢尔·希尔弗斯坦的绘本。翻到《自私小孩的祈祷》——"现在我要躺下睡觉，真诚地向我主祷告。如果我在醒来前死去，求主让我的玩具都坏掉。这样，别的孩子就再不能碰它们……阿门。"我扑哧一声笑了起来。

我可以选择这样空白。把两只空空的口袋从裤子两边掏出来，嬉皮笑脸地摊开我有点脏的手掌。阳光落下来，也有点脏兮兮的，我把它给你，连同我喜欢的音乐。叮叮咚咚。还有还有，我搜到了，外衣的口袋里残余着栀子花蕾的吐纳。

夏天了吧。想起荷兰队的球衣。荷兰队会让我想起很久以前的古烈特，他那一头像是很多天没洗的宝黛丽。记得在香港的时候，我也总是那样盯着一个非洲女作家的头发，心里七上八下，多想问她这头发要怎么打理，会不会有苍蝇住进去？

你会叫我正经一点吗？荷兰队要回家了，还有我喜欢的葡萄牙。欧洲杯半决赛我只仰慕门将卡西利亚斯，所以我要把所有精力留给六月二十七日凌晨。你不会怪我吧？物价一直在上涨，股市一直在下滑。我的朋友都在严阵以待，为一份薪水写出九十九种节约方案。而我所能做的是骑自行车横过大街，到附近的菜市用一元一角买好大一只卷心菜。好大一只！洗菜的时候还能洗出一条害羞的菜虫来。嗨，菜虫你好！

你说，菜虫去了下水道以后，生活过得好吗？

真的，我不想让生活压榨我。我也可以想象岁月骑着 ET 才骑的名贵自行车在街上看夏日美女。有看不够的，他再转一个圈回来，美女已变成了安娣。我也可以选择 Gary Jules 的 *Mad World*，坐在日光渐沉的窗前自怜自伤。而我知道我可以说不，我可以说我要 Something else。我可以把灰黑色的往事扫到我的影子下。踏踏踏。把它踩平。

给你一掌栀子花香。山楂饼要不要？音乐播完了吗？要不要再斟一曲？我从老家带回来很多很多白咖啡，还有果酱，还有米粉。厨房的壁柜被撑得很饱，似乎只要打开柜子便会有方便面或木耳或黄花菜吧嗒吧嗒掉下来。

这季节,满街的李子和桃。那么多,让我感觉丰收。你不晓得我有多喜欢看见染上夏日光泽的油桃,它让我忆起家乡的蜡染。吃它们的时候,我怀着感恩之心。这份虔敬与快乐,非吃山楂饼时可比。

我知道我可以任由自己沉溺在暮色里,坐在阳光逐渐变冷的窗台上独自悲戚。我可以去想那些爱过的人终于分离,也可以在祷告中说神啊如果我在醒来前死去,请让那些爱我的人相信,无论去到哪里,我都会好好照顾自己。

啊我困了。我要早些休息,我要养精蓄锐,等二十七日凌晨为卡西利亚斯叫好,一如数年前我喊费戈费戈费戈。好了,有什么哀怨的忧愁的事,等过了欧洲杯以后再谈吧。我还得再想想明日的事,明日,明日我该拿什么过滤阳光。

尾 声

　　房子里无端端住进来一只蟋蟀。小个子，孑然一身。想必轻功很好，竟然能跑到十楼来。而且选中了我的房子。没打招呼，拿着它的小提琴，径自在浴室落脚。

　　是夜，就给我奏了一晚的小夜曲。夜曲很长，夜凉如水，便觉分外漫漫。蟋蟀的音乐底子好，演奏功夫了得，音质好得没话说。白日里听了八个小时的蝉鸣，我的耳膜都要生茧了。那些蝉，因生命苦短，整个夏天都纠众在园子里聒噪。小区的庭园成了末日花园，仿佛无数生命来到这里便已穷尽。蝉喊得声嘶力竭，傍晚时引来群蚊乱舞，饮血厮混。碧亦有时尽，血亦有时灭，是耶非耶。

　　前些日有一只莽撞的蝉，也许是要过别枝，却不知怎么停驻在我厨房的纱窗上。小家伙鼓胀的肚腹如一台劣质扩音器，五音不全，却声若洪钟，一整日敲着它求欢的破铜锣。蝉声单调而机械化，让我记起老家那些收废品的面包车。阳光花，树影短，长街来来回回地飘荡着被大喇叭摩挲过的叫卖声。Old Newspaper，收旧报纸，Surat Khabar Lama①。

这蟋蟀也许是被蝉声轰出来的吧。或许是这小音乐家忍受不了昆虫大杂园的喧嚷，才下定决心离开那一片绿茵，去觅一块适宜独奏的清净地。还有什么地方会比我这里更适合呢？自从电脑出故障以后，这房子已多日没被喂以音乐，像滴水未进的人。每日，只有干燥的蝉声，以及高速公路上锐利的速度感，在慢慢刨锥这小小的空间，一点一点地抽去空气中的湿意。于是小蟋蟀来了，也许是房子把它唤来的。如同荒冢招徕蛇蝎百足，如同久旱招徕雨，寂寞招徕爱情；岁月和生活太荒凉了，就会招徕命中的不速之客。

---

① 马来语，收旧报纸之意。

小家伙奏的天籁让我一夜睡得很安稳，仿佛曾经梦回两年前住过的半山小木屋。夜里那么多蟋蟀昆虫与夜鸟大合奏，一地的草一山的树都在吐纳修炼。或许我也曾经抱着枕头，以轻微的鼾声和应。蟾蜍舒卷它们濡湿的长舌制造一种拉链似的声响，壁虎在用低音求爱，猫头鹰在嘀咕，蝙蝠在打饱嗝。太美满的梦让我察觉是梦，于是我狠心地强行睁开双眼。房子盛了薄光，小蟋蟀仍然陶醉在它自己的演奏会里。嘘！

　　毕竟是独奏，醒来后，便觉音乐凄清。这里是城中的十楼小居呢，小蟋蟀，你我的空中楼阁，我们思考或演奏的清净地。就几十平米，这样的空间，单凭你一把小提琴就能轻易把它灌满。外面却是一个纷攘无垠的世界，就像被蝉占领的夏日花园，我们的声音再嘹亮也微不足道。

　　到这里来已有些日子了，奥运不是刚过去了吗？记得以前但凡有人问我为何到这他乡来，我都会说是要开眼界。你到我这儿，是不是也曾经有其他小昆虫争相探询呢？我猜，这房子于你是多么的巨大，却又何其狭小。就像我明明知道这大地广袤，却又囿于它的人山人海与无形的封闭。

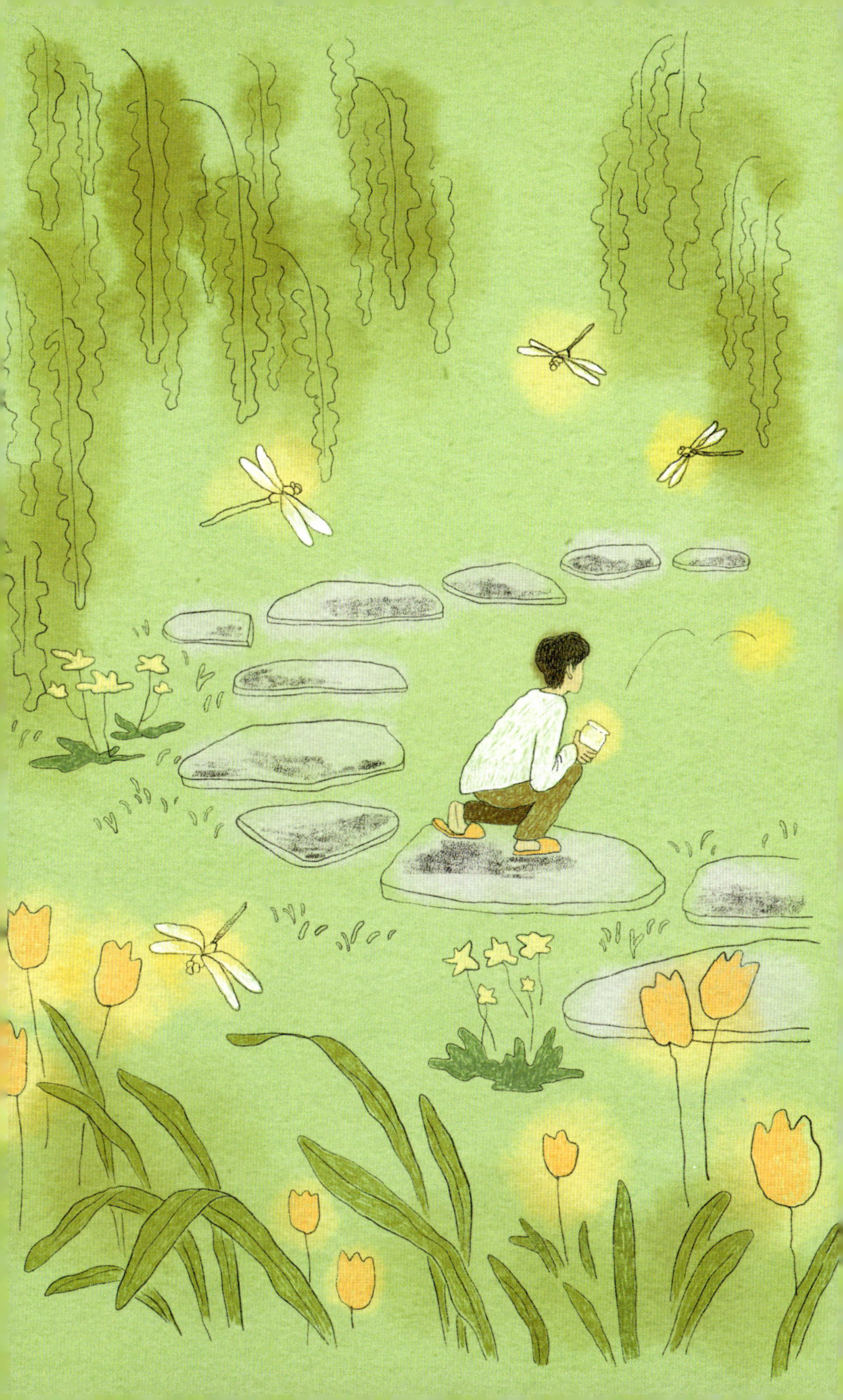

真的，即便是在网上，我也常常感觉四处碰壁。许多海外朋友的部落格，现在我都上不去了。有时候费心在网上打字留言，那些文字会在转瞬间被连根拔起。有时候我怀疑是外头的喧嚣将我的声音吞没，而最近我怀疑自己已不知不觉地被隔离，或者被消音。

是不是因为这样呢？小蟋蟀你愤而离开青草地，流浪到钢筋水泥的楼房里。朋友告诉我，一只蟋蟀是活不过冬天的。活不过冬天，却来为我奏乐催我安眠，你让我忆起王尔德的童话，《安乐王子》里那只多情的燕子。

> ……那天夜里它飞过这座城市，停在安乐王子脚下，打算美美地睡上一觉，第二天再赶路。忽然一滴水落在它身上。天空这样晴朗，怎么会下雨呢？它正在奇怪，又落下来第二三滴，原来安乐王子在哭泣……

回去吧，我真怕这楼房里的孤独会让你抑郁而终，或未及冬天便过早地往生。更重要的是我并非安乐王子，没有浑身金箔、一对蓝宝石镶的眼珠,没有剑柄上镶了红宝石的佩剑。我只有这些了,像铜板硬币那样零碎的一把文字,撒落在地上却无声。

我让蟋蟀在房子里住了两个晚上。昨日清晨,把它请入瓮中,再带到楼下的庭园去"放生"。一大早,已有蝉在乱拨它们的电子乐。你回到不久前才整理过的草坪上,小心翼翼地探索既熟悉又陌生的环境。我四处看了看,身后,只有一个骑自行车的高个儿看到我蹲在树下向你挥别。再见啦! 答应我,好好度过你的余生。

与蟋蟀告别后,我穿过曲折的石板小径走到小区的一家小商店买早餐面包。路上有成群的蜻蜓绕着我飞舞追逐。夏天啊夏天啊,天堂大门前的末日花园。

当时明月在

我有那么喜欢秋天。闭上眼睛吧,亲爱的,我远方的朋友。雾如潮汐,漫过盛夏以后正逐日褪色的场景。

花在凋零中。

但总会有一些花愿意耐着性子等候。从春等到秋。直至向日葵梗了脖子,那些过度烘焙的派饼脸上没了光泽。总会有其他慢性子的花愿意等待。等三蛇肥,百花蔫,等阳光在麦穗上炼成冶金术。这时候,有些花才慢吞吞地绽放。

都是些性温和,好涵养的花吧。菊,芙蓉,山茶,月季,桂花,寒兰,秋海棠。长相都不怎么招摇,一副慵懒知福,或孤芳自赏、不喜与人争的姿态。

于是这季节也有花盛开。雾霭沉沉,她们安静地抬起头来。花与雾。想起什么呢？我想起这个——蒹葭苍苍，白露为霜，所谓伊人，在水一方。

因为中秋快要到了。想家。老家的月饼皮薄馅厚，油水足，举世无双，而且很少会过度包装。这些天我在超市里看到许多金碧辉煌的月饼礼盒，金色沉郁喑哑，朱红有点封建；盒子做镂空效果，雕栏玉砌。但我只想念老家的月饼，富山茶楼，海外天。

而既然吃不到老家的月饼，我唯有耐心等待那一轮天涯共此时的月亮。想中秋夜里，月亮像个巨大的热气球升空。屈指一数，还有几天呢。这时节，能不拈花惹草、吟风弄月吗？要的。李煜说，"春花秋月何时了，往事知多少。"而我觉得更上心的是这一句：凉风有信，秋月无边。

我说的是粤剧《客途秋恨》，可我脑里播放的是港片《胭脂扣》。梅艳芳演石塘咀名妓如花，身着男装，唱道："小生缪姓莲仙字，为忆多情妓女麦氏秋娟，见佢声色性情人赞羡，更兼才貌两相全……"啊，竟如昨夜梦魂，才惊艳中，电影里的梅艳芳与十二少张国荣，却已在现实中相继辞世。人间如斯寂寞。

前两日是陈百强的五十岁冥寿。他死去十五年了。这些年黄霑、罗文、沈殿霞相继故去。人生如客途，这些才子佳人行色匆匆，给时代以五光十色，用他们的歌声为人们的青春配乐。而今他们走了，似乎也卷走许多人生命中最美好的年华。

是的，本该说中秋的事，我却像在说清明了。谁让中秋落在这愁煞人的季节呢。再说我独在异乡，旅夜书怀，不免生客途秋恨的感慨。到这里来一年多了，住的这楼房依然空房子比人多。不知从哪一日起，也许就在奥运结束以后，窗外的景致便总有么点"梧桐更兼细雨"的意思。再下去，"秋草黄，落叶满阶，更那堪冷落清秋节"了。

但是我一定对谁说过，我喜欢秋日。总有一些花要等到秋季才愿意绽放。像有一些女人，要等青春不再了才渐渐美丽起来。秋季的风华不同于春夏，又不像冬天那样孤高萧飒。她是个收成的季节，饱满，丰美，恬淡，泰然。你或许不会同意，但我想到了蔡琴的厚唇与她的声音。

秋日时我有不少的回忆可以采集。尽管离家并不很远，离开的日子也不算长，但这片大陆我已走过好些地方。这些天我常常闭目去记忆那些亲眼见过的名川古迹与海拉尔草原上的天、牛羊、人们。这些都很美好，想起它们，记忆便如风拂过草尖。然而我毕竟是旅者，没有足够的感情为这些画面定色。它们经不起回想。我在梦里微笑过一遍两遍以后终究会把它们忘却，我知道的。但我无法肯定会不会有一天，待我年老，也会像许多患痴呆症的老人那样，在苦思着今天的早餐吃了没吃的时候，忽然记起——

　　天把云抖下来，地上的绵羊如白色花椰菜盛开；风，车厢里的诗人，路上的马头琴。

　　如果是那样的话，我觉得真像是给年老的自己寄一叠美丽的明信片。你会在哪一张明信片里呢？你们会在哪里？啊，不想了。秋心为愁，再想就要愁思百结，"独自怎生得黑"了？

　　不管怎样，中秋还是要过的。给母亲摇了电话，对着话筒大喊家中狗狗的名字，听它们兴奋地狂吠起来。前两日还到超市里买了两只形象简朴口味传统的月饼，带上一大瓶青岛，还有些油炸花生米。窗台上铺了一张破垫子，音乐也准备好了。万事俱备啊，就等中秋吧。等我们的月亮升起，等天涯共此时。

来，干一杯吧。

醉不成欢

月亮很远。有多远呢？不知道，但嫦娥去如黄鹤，从此不归，且音讯杳然，徒留世人以无边遐想。广寒宫，听起来像是很大的地方，嫦娥独自一人，每天疲于打扫，多受罪！不下于伐桂的吴刚。

李商隐说，嫦娥应悔偷灵药。悔？子非娥，焉知娥之不乐。如灯蛾扑火，吾等俗子凡夫，惟扼腕而已，又如何能解。

别掉到庄子与惠子两个老人家斗嘴的怪圈里。我以为那是《庄子·秋水》里的另一番"白马非马"论。不管庄子多么为自己的诡辩能力自喜，后人毕竟只记得"子非鱼，安知鱼之乐"这提问，再没多少人记得住庄子的豪辩。庄子终究无力解答惠子的问题。鱼之乐，愚之乐。就像世人总说精神病人最无忧无虑，可谁真想从此入疯魔，享受那想象中纯粹而空洞的快活？

庄子喜欢垂钓，想必爱吃鱼。他拿鱼说事的诸篇章中，我欣赏的是《庄子·大宗师》里的"相濡以沫，不如相忘于江湖"。说得好。尽管有那么点没心没肺，与其共患难不如各自福贵。但人与人之间的关系不往往是那么回事吗？或由处境造就，或为情势所逼，多少有点无可奈何。此生，爱谁或恨谁，我们其实没有太多选择的机会。

"相忘于江湖"，意境过于唯美，真实中，我们再了不起也不过是活在各自的鱼缸里。鱼缸总比涸泉好，即便是在一洼浊水中当泥鳅，也强胜于在涸泉中相呴以湿、相濡以沫。那样地万不得已，因时日无多又别无选择，像是被命运与处境押着相爱。

想起张爱玲《倾城之恋》里的范柳原与白流苏。也想起少年时参加某些团康游戏，我就害怕那样的时候——游戏规则突然转变，各人必须在电光火石间觅得一个同伙，好进阶下一轮双人一组的游戏。那些找不到伙伴的会被淘汰甚至被惩罚。由于祸患迫在眉睫,谁也来不及精挑细选,只有不假思索,伸手抓紧身边人。而你还得担心会被对方拒绝,怕会被这残酷的游戏规则所弃绝。

谁会是身边人呢?你们用带点乞求意味的目光相望,适时地展示礼貌和表现友好,反正就得相依为命了。彼时你最好的朋友或许就在对面,咫尺天涯,鲽离鹣背;他也正牵着另一人的手,像抓住一个救生圈。

有一天我们会明白,相爱并不意味我们就会被拣选,或被成全。

这是我中秋夜里望月怀远时想到的。那一晚的月亮对游子和文人特别温柔。我仰起脸来,坐在那从外头看来肯定像个鱼缸的窗台上,茫无头绪地等待灵感。那一夜我想起的多与月亮无关,与乡愁无关,倒和庄子有关。他的鱼,他的蝶,他的江湖。

很安静。欲赋诗,胡思乱想而不得。再说啤酒告罄,兴致索然也,故作罢。

好了,中秋就到这里吧。为了节省能源,上床就寝前把月光熄了。晚安。

秋日症候群

只因为秋天朝我吹了一口气,从昨天起我便一直在打喷嚏。

这样的秋天实在酷呆了。光天化日,在人们熙来攘往的大街上,她像是在玩送奖游戏,一眼看中了走在法国梧桐树下的我。也许是因为我过早穿上了风衣吧。也许,是因为我在研究着行人道上的石砖,走得那样心不在焉,那样地魂不守舍而又不知身是客。

于是她迎面而来,朝我吹了一口气。多么调皮,有点笑问客从何处来的意思。于是我突然鼻子发痒,在街上狠狠地打了第一个喷嚏。

秋天为什么要选中我呢?她为什么要对我这个南国

人嗤之以鼻？从那时候起，我就一直在路上抽鼻子、打喷嚏，又用光了一包纸巾去擤鼻涕。好厉害的秋天，好大的口气。可为什么她那样地不友好，偏要跟我过不去？

真不敢相信啊，去年的秋天明明是很友善的。直至回到住处，我看着镜子里那红了鼻子的女人，仍然以为是自己那沉睡经年的过敏症突然发作。然而一整日涕零，满脸秋风秋雨，感冒症状已溢于言表。唉，事实证明今年给秋季当值的是个不好相处的家伙。她没事怎么朝我吹气？凭什么呢？我和秋天其实也没什么交情，她凭什么这般轻佻又如此不客气？

会是因为我岁数大了么？抑或是过去一年不小心多摄取了些化学品？什么时候我竟然变得如此孱弱，禁不起秋天的一次小偷袭。就这么一口气，便觉得秋天把她的魂魄吹进了我的身体。我哈气！哈气！哈气！

尽管遭受有生以来最具灾难性的一次感冒事故，但肉身的煎熬无损我沉迷于某些事物的意志。哈，不就伤风这点儿事吗。这整日，我一边努力抽鼻子，一边告诉自己，"天将降大任于斯人，必先苦其心志，劳其筋骨，饿其体肤，空乏其身"。中国古代哲人中，大概数孟子最懂得安慰人吧。可以想象他这一番话，曾经让无数寒窗苦读而怀才不遇的书生，自欺欺人地熬过多少春秋。

孟先生的好意只有心领了。可我每次站在窗前擤鼻子时，不知怎么老是生起《登高》之悲情："万里悲秋常作客，百年多病独登台；艰难苦恨繁霜鬓，潦倒新停浊酒杯。"这诗写得多么凄苦，几乎闻得出一种惨绝的味道。哀伤至此，灵气殆尽，便犹如《笑傲江湖》中莫大先生奏的《潇湘夜雨》，格调高不起来。可俗世凡尘，人的境界无非如此而已。英雄尚怕病来磨，想杜甫先生年老时以郁卒之心多病之躯跋涉登高，风中摇摇欲坠，自然满肚子苦水，诗意又怎么可能超脱！

老病之苦，由来最是磨人。生死无非只是两个点，老病却是两条延伸的线。想起老家一位前同事，记得过去共事时他还倜傥风流，总是一副得意扬扬的神色。近日却闻说他患病多事，在家中求妻儿将他敲晕送院而不果，竟以头撞墙求死。这种消息听得人背脊生寒，头皮发麻，毛骨悚然。尤其是在秋天吧，"悲哉秋之为气也，萧瑟兮草木摇落而变衰"。所谓伤春悲秋，秋季可正是忧郁症病发与传染的旺季。但凡文人写手，艺术细胞与音乐细胞过盛之士，双鱼座人，黏液质女子，产前或产后的初为人母者，切记要慎防叹逝、伤生、思乡、怀远等并发症。哈。

为了对抗秋天的强大感染力，这些天我特别用心研究我的翻译。专注的程度接近沉迷，几乎达到年少时砌拼图那废寝忘食、呕心沥血的境界。我砌过好些大型拼图，少则三千小块，多则五千小块。可每次砌成以后都毫无例外地把完成品解体，没有一点不舍或惋惜。这做法我自己年轻时也不甚了了，直至后来，当我已经年长到懂得以减法去数算自己的年月以后，我才逐渐了解——那最终的"摧毁"在我的潜意识中是一个完成。我赋予它意义，让它成为最后砌上去的一小块。它是一颗句号。或者说，在这潜意识的更深层，我以为这摧毁其实正是一种"还原"。它们，所有的小块，以最初的状态回到盒子里了。

写到这里，我已经不打喷嚏了。但秋天的魔法不容小觑，显然她已经在我的脑子里勾起了一些冷色调的回忆。我忽然想对谁说说自己后来怎么不再砌拼图了，尽管我现在想起来仍隐隐感到不痛快。那是因为最后一幅拼图，一幅五千小块的巨幅风景画，我最终只砌了四千九百九十九块。

最后那一小块，我怎么也找不着。

爱别离

　　一切有为法，如梦幻泡影，如露亦如电，应作如是观。

　　——《金刚般若波罗蜜经》

　　仿佛候鸟，天冷了，便想飞向南国。

　　而天已经变冷。霜降已过，渐入冬。别以为我不知道，太阳神每天都在稍稍改变他的航道。每天清晨，我在梦中听到阿波罗的黄金车与彻夜赶路的载货卡车一起辘辘驶过；他下午五点钟准时下班，倒是未曾闻车辚辚马萧萧，而苍天却在目送红日西驰后，于顷刻间萎靡。常常是那样的，只要偷个懒闭目养神，再睁眼便看见白天已然落幕。

这总会令我错愕,感觉像错失了一场电影的大结局:怎么可以就这样把黄昏省略掉呢?

这几日天色看来不很健康,老天爷的脸与经济局势一样暗沉。太阳神的黄金车改成铜制了,别以为我不知道。白天正被悄悄裁剪,人们身上的衣料却在与日俱增。叶枯草败,秋去冬来。唉。我听到了,北方以北,冬如愤世嫉俗偏又千年不死的白发魔女,正在某个山头散发扬鞭,生风虎虎。

去年陪了我整个冬季的毛衣,终于又重见天日。这毛衣随我从老家过来,以前都没见识过真正的寒冷。就去年一个冬季,它好不容易才千帆过尽,而今其色已衰,其形亦残,有两枚扣子凋零着呢;萧萧其观,瑟瑟其状,似乎比我更畏寒。

可我说过不会把这毛衣扔掉。毕竟它曾经给过我相当于一头绵羊才能给予的温暖。我把记忆、希望和一些主观而私密的情愫编织其上,让它比皇帝的新衣更要神秘;本来无一物,偏会惹尘埃。倘若你仅仅是个聪明人,倘若你仅仅有点小智慧,你终究无法心领神会。而你若领会了又当如何？一切有为法，不过如此而已——如梦幻泡影，如露亦如电。

这是《六如偈》。它让我想起号六如居士的唐寅，或东坡之妾王朝云。朝云临去，诵《六如偈》以绝。可我每次想象这场面都觉得怪诞。朝云有情有义，相随被贬的东坡同去惠州，此后不离不弃，怎么想都像是个心有所执、志有所守的人。可她卅四岁香消玉殒时叹的是万法皆空，吟的是《六如偈》，梦幻泡影露电，而不是来两句"山无棱，江水为竭，冬雷震震，夏雨雪，天地合，乃敢与君绝"。

《上邪》这情诗读来总觉得过激，与《六如偈》适得其反。这样的句子或许更适合我心目中司冬风与怨恨的女神练霓裳。她爱得多么偏执而暴烈，不该给她一个季节吗？让她不死，长命无绝衰，如《荷马史诗》中受罚的西西弗斯，每年乘寒风而至，到哪个结冰的湖上明镜悲白发。

唉。《金刚般若波罗蜜经》很长吧？王朝云临终时只念了其中的《六如偈》，共二十字。这二十字自然不是她通往西天极乐的咒语或暗号,大概是念给守在病榻旁的人听的,诸法空相,勿念。若作如是观,便倍感王朝云的良善与体贴。时年东坡已花甲,算是送黑发人吧,尝的是八苦中的"爱别离"之苦,也许比死更难受。于是王朝云告诉他,自己这肉身与两人这些年的恩爱不过都是幻影,now you see it, now you don't。

我是不懂佛经的,就像我也不懂得《圣经》、艺术或哲学一样,我总以为在它们面前,"懂"是一个肤浅而拮据的字眼。但我活着需要一些信念,好助我对抗厄运、诱惑、幻影、不如意事、死别、生离。于是我从这些圣贤先哲的文字上东抓一把西拈一些,自行组合与配搭,像在缝纫一床属于自己的百家被。而因为笃定与虔诚,不意竟让它成了一种超越人生观,却与宗教不太相干的信仰。

我们都是这样活着的。相信我们所相信的真理,追求我们所确立的价值。自然界的四季有序,人世的季节无常,冬天这厮总会不定时地强闯,想要统辖我们的岁月。所以我很庆幸能有那样的一床百家被,尽管它也许有点寒碜,正如此刻披在我身上的这一件毛衣。但它确曾被严冬验证过了,不是吗?我还好好地活着。

　　冬天来了,黑夜也来了。我得打起精神呢。就凭这些宗教与哲学的碎片,与一件像干草编织的毛衣,我又得迎战白发的练霓裳,与黑衣的梅超风。

射手座人语

我回去,我回来。

终于,不论在这里抑或在那里,我都得对人说"待我回去"。回去怡保,回去北京。两边都是起点,也都是归宿;不管我身在何处,都意味着别离。"回"这个字依然无解,它那涟漪般的形象让我神迷,是要扩张呢,抑或在收缩?愈想愈觉得有那么点玄幻。

一回来气温骤降,仿佛过去一整个月,这儿的冬季都在苦苦隐忍,不等到我回来便不肯发作。于是她用四五级的北风与零下的温度拥抱我,而因为旅途劳顿,机上夜不成眠,在热切渴望着十楼小房子那一床凌乱而温暖的被窝时,我居然感觉到这冰冷的拥抱里有一座城市熟悉的体味,有欢迎的温度。(遂想到俗气之极的歌词之"我家大门常打开……拥抱过就有了默契,你会爱上这里。")

但此城依然不是我城,出租车司机的口音我终究不太听得懂。这不懂便也是一种熟悉和亲切,仿佛似懂非懂才是常态;这样若即若离,将信将疑,说不清是生分抑或是熟稔的状态,才能让我感到踏实与心安。因为这是座能收容我却不需要我付出爱,或给予太多关怀的城市。我像个借宿者或是个食客,行走其中却不会有太多的感情负担。这所谓祖国,所谓原乡,成了我岁月中的宾馆,生命长旅中的驿站。

迁徙与赶路成了常事,漂泊感便随华发渐萌。我在一再转机的过程中常常想到"离散"这个词,它漂浮在我的脑海,一闪一闪地,像个求救信号,或一盏坠落海上的星星。在广州白云机场候机室里遇上一个老太太,因为太早抵达机场了,她有点过于热衷地对我这陌生人述说她此生的迁移,从桂林到天津,从中国到美国,然后在美国与中国之间酌量分配自己的年月和余生。七十多岁了,老太太身体健朗,话说得不无炫耀的意思。可这于我有什么好羡慕呢？到了那年纪，我大概已不想再出远门。我会想要一个小庄园，努力把大岩桐和风信子种好，收养一两只愿意听我唠唠叨叨的狗儿。如果情况许可，也许我会想把庄园改建成小旅舍，然后像只蜘蛛守在网中，等待疲惫的旅者，好偷取他们的故事。我甚至拿不准自己是不是还需要一间书房，也许我宁愿选择一台手风琴或一个很好的烤箱。不管怎样，我知道我不会再向往迁徙了，我不会想坐在候机室里要陌生人猜测自己的岁数，并向她数算自己曾经的所到之处。

告别老太太时，我记得自己说了"希望有缘"。老太太一脸怅然，对我说，恐怕很难。"以后我坐的飞机不会在广州转机了。"也许我曾经回以一笑，也许我表以一脸抱歉，但我确知这样的机缘巧合与"飞机在何处转机"无关。真正的关键是：人海茫茫。正因为人海茫茫，大千世界的航线错综复杂千丝万缕，正是一个玩捉迷藏的好所在。我知道自己随时可以借躲猫猫而遁迹，可以要来便来要去便去。真的，我们躲不过的唯缘分和命运而已。而除了它们，还有什么可以把人与人圈套在一起？

回来后终于又可以惬意地写字读书。十楼够高了,仗着暖气,这几日我多半垂下窗帘,把灰蒙蒙的原乡和异乡都关在窗外,好让自己别再去意识我在这广大世界中的位置。可就在我安心地藏匿在连缘分也找不着我的角落时,西班牙哲学家奥尔特加·加塞特说的一句话却像圣诞树上的一长串小灯泡,总是在我幽暗的心灵秘境中忽明忽灭——"对待一个喜欢躲藏生活的生物,唯一适合的应对方式就是尽量去捕捉它。"

所幸这世上没有多少个像奥尔特加这样的猎人,因此我可以安心地、像随季候来去的燕子般伫立在横跨一座城市的某条电缆上。看看下面人头涌涌,城规划得如同蚁穴。四季更迭,流光暗换。城市从原乡变成异乡,或从家乡变成故乡。我指着密密麻麻涌动的人群,对倒挂着的自己的影子说:看吧,那些迷路的"朝圣者"。

年度祷告

> 我们在天上的父，愿人都尊祢的名为圣，愿祢的国降临，愿祢的旨意行在地上，如同行在天上；我们日用的饮食，今日赐给我们；免我们的债，如同我们免了人的债；不叫我们遇见试探；救我们脱离凶恶。因为国度、权柄、荣耀，全是祢的，直到永远。阿门。
>
> ——《论祷告》

圣诞了，又。

就像下雪的日子会想到要偷懒一样，圣诞的时候我就会想起应该祷告。

所以我希望这样开始：我们在天上的父……

这个垂下头来双手合十的动作，总让我感觉很无助。祢记得吗？电影《阿甘正传》里被父亲虐待的小女孩珍妮，与小阿甘一起逃窜到玉米田里跪了下来。她就是这样垂下头十指互扣，紧紧闭上眼睛去祈求：主啊让我变成小鸟，让我飞到很远很远的地方；让我变成小鸟，飞到远方……

这一幕影像一直被我的灵魂收藏着。铁锈色的天，收割后已经枯败的玉米田。对于那个跪着祈求的小珍妮而言，天地大得只看得见一道地平线，却又狭小得无路可走。

也许是太久没有祷告了，我可以感觉自己正逐渐遗忘那些祷告中的常用词。但我想自从离开祢的羊圈，在自我流放的这许多年里，我已经变得多重而复杂。有些想法或许过于深沉，或许太过模糊，并非我在人间学习的语言所能表达。但我依然相信祢能懂，就像祢也能听懂聋哑人的祷告。而在这时候，慈爱的天父，感谢祢给了我省略号。

少年时我总以为祷告是一件需要天赋的事。我一直是个不能掌握祷告用语的孩子，也常常震惊于其他主内弟兄姐妹那措辞优美且绵绵不绝的祷词。我可以背诵《长恨歌》，却总是记不全主祷词。这语言障碍维持至今，我几乎记不住任何领域的专门用词，并且也已经相信这与大脑海马体的兼容性有关。

圣诞节了。这从来不是一个可以让我蠢蠢欲动的理由。自我对这个节日有所意识以来，它一直是静态的。最初，我坐在观众席上仰望舞台，看青少年们一年一年演出耶稣的降生。后来我自己就在台上了，似乎扮演过带着礼物去迎接人子诞生的东方博士。嗯，当我与其他两个粘了假胡子的博士在马厩中站成一排，背景音乐一定是 *Silent Night*。以后我告辞了教会岁月，这歌曲依然是我的圣诞节主旋律。

圣诞是该来一点烤火鸡的吧？但我只打算给自己弄一盘 Home made 意大利面。就像冬至那天我用云吞来替代汤圆。那天是周末吧，奉冬至之名，雪下了一个晚上。清晨醒来发现一个洁净无比的世界。雪后的空气仿佛经过杀菌似的纯净，而雪如白绒覆盖，视觉十分柔软，让我想起无数只北极熊趴在地上，以及大杯卡布其诺那满溢的泡沫。

那一个上午我偷懒没有写字，却端着咖啡坐在沙发或窗台上监督时间在它的跑步机上追逐勤工奖。天寒地冻，我依然如去年冬季一样，感觉自己如一尾热带鱼潜入北冰洋。不同的是心里的温度似乎已经调节过来，仿佛不再去对抗，而是悄悄地在融入，环境的冷，世道的荒凉，人群里的孤单。

这是到这里来以后的第二个冬季了，我已经适应了连狗也没有的独居生活。现在我会让厅里的电视制造一点人气。一般定在第12台《社会与法》频道，其功能主要是挡煞、辟邪、驱宵小、保平安。这一台也是我的《聊斋志异》，那里面的社会个案总是不断地提升我对"荒诞"的认知。它让我明白，或者说，让我不得不承认，过去我所能想象的荒诞到这里都成了寻常。

我离题了，这可是平安夜呢。不如让魔鬼放个假；不如让我把地狱折叠好，把七宗罪折成七瓣花，放到潘多拉的袜子里，还给她。

那么，上帝祢现在明白了吧？每到祷告的时候我必定词穷，必定会想不到该祈求什么，又该为谁祈求。我依然以为祈祷应该是一件很专业的事，因为连主祷词里都有一点交换条件的意思——赦免我们的罪，因为我们也赦免凡亏欠我们的人。

还有最末的这个——因为国度、权柄、荣耀全是父的，直到永远。

哈。

平安夜我循例是不想睡觉的，可以允许我多喝一杯咖啡吗？可惜的是冬至以后，我一直存放在窗外，用零下的温度冷冻着的雪景，如今已然残破。真可惜啊，人行道上那些被情侣们印下的美丽足迹，现在只剩下一片狼藉。

这样吧这样吧，天父，在这一年一度的祷告中，我向祢祈求一年的平安或今夜的一场盛雪？

……或两者兼施？

阿门。

静思雨

莲在水上。水是真水,清澈得不见形相,但可见浮光潋滟,可闻它潺潺倾出淙淙的流动之声,如有素手拨筝。莲花是虚笔,以淡彩绘成。它晃晃在流水上漂浮,随波荡漾,像巧手孩儿用半透明纸张折的一艘船、一盏灯。

水生莲花,莲花生佛,佛生禅。

那折船的孩儿与船上的佛,自然都是虚构了。他们是我的想象。

你问我这段日子在北京干什么。没有,什么都没干。我只是单纯地在抗热。你听,我用《神秘园》的清凉音乐去抵抗七月的溽暑。

除了《神秘园》,还有其他。譬如一个名为"孤寂"的专辑，里面有一条心灵途径蜿蜒伸入茂密的竹林。那些翠竹十分青绿，仿佛上面厚厚的油漆未干。风灌竹，鸟只叼来了窸窸窣窣的草叶声响。空山不见人，有一注木笛声幽渺地穿云拨雾，像一尾蛇在前面为精魂引路。

王维从盛唐传来声音："独坐幽篁里，弹琴复长啸。深林人不知，明月来相照。"

那是我少年时翻开《唐诗三百首》，主动默记下来的第一首唐诗。现在它回头来寻我，携着小半首《鹿柴》：光返深林，复照青苔。

我安静地坐在无空调状态的室内，读书和玩魔术方块。汗流浃背是好的，我感受到它们了：我全身的毛孔都操作正常，每一个毛孔都像一尾上岸练习进化的鱼，它们张嘴呼吸吐纳，彼此以沫相濡。

日子这样在光影移动与色彩的转换中，如尘埃缓缓飘落。

上午，我饮老家带来的白咖啡；下午我喝黄山毛峰；夜里我开了空调，从冰箱拿出一罐燕京或哈尔滨。世界杯过后，电视回到第十一台的戏曲或第十二台的"社会与法"。午夜时连播三集的旧版《三国演义》尚未播完，我通常已伏在枕上沉沉睡着。

梦很浅，但很辽阔。浮天无岸，断雁叫西风。我在老空调播放的浪涛声中凌波而渡，无须他人摇橹。明朝醒来，梦已退潮，赤壁已远。会有三分之一罐啤酒搁在床头，空气中挥发着淡淡的酒醺。昨晚临睡前最后一次完成的魔术方块，披着彩衣，骄傲地守在床的另一边——它已经和冷气机与电视的遥控器结成好友。有时候 iPod 也会在那里，板着脸静静地默记歌词与乐谱。

生活中没有重要的事情发生。它零碎、闲散，安静得像在酝酿着下一场恶风骇浪。今年的夏日北京终究不同寻常。天气这么熬人，像苍天到了更年期，憋着上亿年的牢骚在对人世发脾气。苍天真老了，这几年来它愈来愈乖戾，情绪大起大落，总启示我恍若末世来临。我老是直觉有一天我们会像亿万年前在原野上徜徉的恐龙群，忽然天有流火，五雷轰顶，就灭绝了。

我们是人类啊！我们有多聪明也就有多脆弱。而且看看人类在地球上挖掘的巨大荒井，我们活该被埋入这深坑中。

你看，我很好：平安，虚静恬淡，寂寞无为。依然爱吃各种坚果，朋友们发现我会像松鼠似的，在住所各处收藏杏仁、核桃与榛果。我也还会在闲暇时光中生出各种杞人忧天的慨叹。因为想到了滔滔不绝的时光长河终有干涸的一日，人类意义上的"永恒"也将有一刻戛然而止——这两年我逐渐变成半个虚无主义者。

这是我唯一要对你说的事。

也并非什么都不干，空坐等老。然而做的事多是心知其空而为之，不真的以为或期待它们会产生意义。譬如写作这回事吧，前阵子在一个年轻写手的博客上看到，写作何所能图，无非是要入史。我注视那"史"字，愣了神。显然我比他更消极一些，只觉"史"字也虚，而且总思疑历史这卷宗将尽，人类为生命与存在自定义的价值将如一把界尺掉入无极。如此汲汲营营要把自己的名字填进史册里，与我坚持要把魔术方块中的这一色填入那一格，又有多少差异？

这些想法，我知道不该对他人言。我对荒井说，我对墙洞说，对瓷杯底如水草般曼妙的茶叶说，对山林里凝视着浮世流光的抚琴者说。世人都在向前行进呢，你看这"人"字。在甲骨文至大小篆时代它只是一个伫立者的侧面，踮脚背手，像在高瞻远瞩。而今它迈开阔步，没头没脑地往前走，连手都已经彻底退化了。

说来我还是喜欢"坐"字啊，多像个盘腿禅修的无所事事者，而且左右有人，虽隔着土地，却从未分开，与"巫"字异曲同工。像此刻的我，自觉顺天之时，随地之性，舀着一勺一勺音乐浇灌那萌芽后一直未有长进的神思。音乐里有手风琴，有木笛，有吉他，有水声，有鸟鸣。我心里有山林，有清泉，有唐诗，青苔上的日照，淡彩画的莲花，有远方的你。

雨说好今天要来，但午后仍未见窗玻璃上有雨星呢。看来这城市又被放了鸽子。我还是去换一支有雨声的乐曲吧，看看能不能把大雨唤下来。

笑忘书

重回北方,飞机稳稳当当地降落在土灰色的城市景致中。自空中鸟瞰时,底下惨雾愁云,一整座城市灰头土脸,原该像积木般耸立的高楼群看着毫无立体感。下机后车子往住处方向开去,路上树影夹道,都如剪纸,枝杈峥峥,鸦雀无声。

冬日的黄昏容易被省略,少了黄昏这一节,尽管车子开得那么快,仍赶不及在天黑前抵达住所。车窗外一轮落日红得虚幻,犹如电子屏幕上密集小灯组成的影像。它隔着一栋一栋的高楼追随着我的车子,像飘浮在地平线上的气球在追逐疾驶的火车,也不晓得什么时候它便消沉在风景里了,仿佛追着追着它泄了气,便在某栋大楼背后坠落下来。

到了住所门外，天上浮着宣纸剪裁的半轮浅月，透光度高，圆未竟处隐隐可见毛边。这月亮真雅，素颜皎皎，犹抱琵琶。只是冬夜抬头见广寒，叫人难免打从心里多一层冷。

公寓楼下的保安换了人，一个长者，被自己呵出的热气团团围绕。他可十分热络，穿破白雾主动过来帮我把二十六公斤重的行李箱扛着拉着弄进电梯。我记得每隔数月回来，都会察觉楼下的保安人面全非。以前的几个都比较年轻，忠实憨厚的有，冷峻淡漠的有，可我已想不起他们任何一人的脸，仿佛在我的脑中，他们的面孔像雪似的会随着冬去春来而融化。

遗忘已经成为我的强项了。似乎我那小小的储存记忆的海马体有一套过滤汰选的准则，每隔一段时日便把生命中所有不重要或无意义的脸孔删除，那是它自我维护的方法。

说来我的朋友若知道了，也许都不免愤慨。他们记得我以前做过的事说过的话，也能说出我的生日与小时候立下的志愿（尽管我自己已然忘却），而我却在走过每一段路以后，把路上相遇的大多数人当作云烟。只消拐个弯吧，身后人们的面容便如细雪纷纷，须臾融解，我只会带走人与人之间一些重要的情节。

而我从未企图辩解或祈求原谅。记忆是个行囊，它愈简便或许就能保证我这路走得愈远。人生一寄，奄忽若尘，值得记忆之事我已尽力书写下来；那些不得不念想，却又不能以符号文字作记的，则都悉数镌刻在记忆深层。那层面坚固如碑，是记忆与时光混合后的凝结。我以为真正会影响我们的人生，让我们为它暗地里悄悄调整生命航道的，多属这类不便透露或不能叙述的人与事与情。大爱大恨多在其中，这些事或伤心或销魂，经历过一回便身心俱疲，遂连回首也懒，又何堪一遍一遍地追忆与述说？

记得曾在博尔赫斯某些文章中看过他屡屡强调——遗忘是记忆的一种形式。我虽认同，却也明白对于我身边众多友人而言，告诉他们这个无异于告诉他们白马非马，不说犹好，说了终究显得异端而诡辩。

于是我就不说了。这些年行走的地方多了，生活的据点不断增加，我经常会在空中想象自己正在拨动一个放满了各地明信片的旋转架。就这样吧，所谓过客，注定了只能在光阴和命运的输送带上惊鸿一瞥，与别人擦肩而过。我对人对事都不愿过度缅怀，还有点得意地愈加放任自己的善忘。世界每天都在改变它的面貌，每天都有人为它漆上浓墨重彩以掩饰其沧桑与斑驳。倘若不时以回忆对照，不免多感唏嘘，时有伤怀，无益于心脾。

我遂不说。当我在家乡热闹的老食肆里，或在异乡清冷的大街上碰见一些似曾相识的面孔；当我看见对方一脸惊喜讶异，我微微举头，但笑不语。你也许还记得我，你也许已把我忘记，而无论我多么用力，实实在在已多半想不起来我们曾经在哪些人生场景中相遇。此事常有，又或许有些名字人们以为我该铭记于心的，我却感到十分陌生。因为深信自己记得与否并非重点，亦无损情报与故事的完整性，故而一般不置可否，只求成全对方叙述的流畅性。

我终究要遗忘这北方的许多人与事，不必等春暖，这个冬季我所默记过的许多脸庞将如薄雪融化。下次再来，这里恐怕会换了另一个保安吧。我掏出一点小钱塞在长者掌中，说你去买点热的暖暖身子。说的时候我想起北京南站那家食品店的老板娘。两年前一个赶车的冬天深夜，在那唯一尚未打烊的小店里，她亲自给我热了一杯红豆杏仁露。一年后的冬天我再去，那里所有热饮都已涨价，而坐在柜台里的女人瞥了我一眼，饶富深意地说：收你老价格吧，你是老顾客了。

我自然已忘记了她的面容，但我记得那一瞬的领会与温暖。

因为不忘，那一瞬仍在延长。

二月雪

这是个平常不过的二月天。我站在窗前,怀疑你怎么在生命中经历过的许多个二月天里辨识它呢?我这儿初春了,气候正逐渐回暖,尽管站在落地窗前垂目下顾,仍然可以看见楼下的草坪有去年冬天最后一场雪的残迹与残雪上蜿蜒不知所终的足印。

我在这里。我曾经在这里。窗玻璃上留着我温热的鼻息与微凉的指印。

这里是十二楼,举头天上低头人间。城市在外头,在渐渐消去的鼻息与指印的另一边。行人只是些蝼蚁般缓缓移动的小黑点,大街上的车声多被摒绝于小区的围墙外。这意思,真似个"结庐在人境,而无车马喧"。

我喜欢从描绘景致开始，喜欢用季节和天气这万能的钥匙打开一切话匣。它有一点预告地理位置的意图，像是不等我的朋友开口便抢先打发了他们已习惯得浑然天成的提问：你在哪里？你那边几点？天气可好？

事实上，如果不提这些变化的景致，我们或许再难找到其他什么更能表明岁月的动静。

而我以为朋友们的提问虽有"祝愿你生活平静，无险无惊"的意思，却也未尝不期望着用这些小问号去垂钓平湖深处可能隐藏的波澜。这些朋友多是我的同辈人，年龄相若，即便未必都经历过相似的生命情景，人生也已走到了相近的阶段；生活已层层胶着在现实的窠臼里，也都无可奈何地逐渐触知了人生的瓶颈。年轻时曾经让自己满心仿徨与满怀期待的未来，如今再没有多少未知的模糊地带。存在的状态已然落实，每个人都觉得现状既圆满又缺失。人生正在凝固，"未来"的不可预知性与憧憬的色彩在逐日减退；生活淤积了不能舍下的人与事与情与物；愈来愈多平常不过、难以记认的二月天或三月天或四月天堵塞在日子的档案柜里。

在这些朋友眼中，我的壮年出走就像我少年时持续至今的写作一样，是件神秘、冒险而多少有点浪漫味道的事。每年回乡与故友聚首，我总会在友人们小心翼翼的探询口吻与闪烁不定的目光里察觉出他们的好奇、想象和怀疑。

那是个怎样的世界？你那是怎样的生活？

他们就像多年前在下课时吃着便当听我即场编造鬼故事的小学同学那样，如今仍然睁大眼睛，坐在餐厅里听我述说异乡的生活。说真的，这样的关注并未让我感到备受关怀或祝福，我只觉得人们需要我说出更多充满异国风情的细节好托起他们业已衰萎的想象之翼，借此让那一双快要麻痹的翅膀再去感受生活的流变、时光的速度，以及梦的动向——那些已被移植到孩子身上的一切。

却没有多少人想到，世界再怎么辽阔，生活本身实在只有车厢般大小。那上面的乘客不会有太多变动，也因为座位所限，我们不会与其中多少人发生故事。更多的时候，我们唯有靠着窗外不断涌现也随即流逝的风景去感知前进，或期待着与下一站上车的人相遇。

我心里也清楚，朋友们的坐乘已是停着的时候多，行进的时候少。窗外的风景停滞，车上的人物关系不变。因为缺乏可以目睹和感知的变化，时间作为记录运动与变化的参数，遂渐失意义。

而我因为畏惧停留，便频繁地下车、换乘、转站，屡试不爽地拿我的写手名片向陌生人换取故事。

有时候也掏出一点情感来，与路上相遇的人发生点纠葛，给这匮乏的世界创造一些可以托起想象之翼的故事。

现在我说的这些，其实都不是我今天才有的想法。每一回我走在异乡城镇的大街上，尤其是在即将离开之际；有时候是看见自己的身影在每一家商店的橱窗玻璃上穿梭，有时候浏览着车窗外缓缓掠过的店铺招牌，或是听着司机压沉嗓子以我听不懂的语言对电话里的人叮咛什么，我都禁不住感慨自己竟又走过这些地方，遇见过好些人了。

我在这里。我曾经在这里。尽管印在窗玻璃上的热息与指印皆已消去。

这样就很好，我也不多求。许多年过去了，我仍然扮演着当年的说故事者，并且逐渐实现理想，拥有一扇能看见世界而世界无法看真切我的窗口。对我而言，"说故事者"本身就像穿插在这真实世界里的一个虚构的角色,她也像我随意编造的其他小说人物一样,几乎如同谎言——因为编造了她,从此我就得对她负责,让她圆满,使其有血有肉。

而此刻她在这里了,我们都站在这里,一起凝视热气与指印消去后的窗外的城市。把这个二月剪辑一下吧。咔嚓。去年华丽的冬雪已残,今年的第一场春雪悄悄落下。

西走

> 无论何时何地,我要抵达的「远方」,不过就是眼前这样一扇临街的窗,以及一张清静无为、永远自供自足的书桌。
>
> ——《行道》

晚上九点的阳光

在适应雨，适应窗前那拉起蓬蓬裙抖雨的粉红色蔷薇。在适应英式键盘。在适应教堂的钟声。在适应时差。在适应夏季的湿度。在适应六千余人口的小镇，适应陌生人的颔首微笑。适应彬彬有礼的狗。适应在早餐A（火腿奄列＋香肠＋吐司）与早餐B（培根＋香肠＋吐司）之间做选择。适应琳琅满目却叫不出名字来的花卉。适应骤雨初歇。适应放晴、雨、晴。适应蒲公英伞降落在头发上。适应晚上九点的阳光。

在适应汇率的换算。在适应下午对MSN上的朋友道晚安。在适应有麦根汽水味的粉红色牙膏，适应水龙头的旋转。适应笨重的面包，奶酪；大量的奶油，马铃薯，餐具的摆放，还有烤箱的使用。适应尊重别人的孤独与缓慢，适应大脑那翻译功能的开关，适应另一种品位的简单。

适应小小的客厅和大大的厨房。适应没有字幕的电视节目。适应不打伞走在雨中。适应在散步时不期然想起奈保尔，以及我对每一幢房子里和每一座墓碑下住了些什么人的想象。适应宇宙的沉默。适应松鼠、乌鸦、鸽子和其他。

但我带来了傍晚时分的瑜伽，下午的白咖啡，写字时的音乐，睡前的《博尔赫斯谈话录》。它们坚贞而耐寒，一如既往，让我如此富足。所以适应的过程并未让我感到特别艰难。别忘记，已经好些年了，我是在岁月中漂流的志愿者。

最近时常会想起多年前写的散文《乱码》。那一句"而你还在漂泊的路上"。想起来仿佛所有觉醒与出逃的密谋都从那里开始，我与下落不明的自己在时光拐弯的地方会合。也就在重逢的那一瞬，我忽然明白了这里面的情节并没有突发与巧合，也没有万不得已的时候。这本来是与现实人生的一场对弈，必有所弃亦有所守，都出于自己的意愿。

但我知道人们喜欢用顽固而简陋的想象，贫乏的词汇，还有一些陈腔滥调去诠释别人的故事。我知道我就像自己的行李箱，每走过一处，就得贴一个高度概括的标签。离散，或乡愁。我知道我们总得适应，这世上大多数读者都十分平庸。

虽然离开家乡又更远了一些，但除了因为时差而自觉净赚了几个小时的光阴（人们用"你那边几点？"来代替问候），情感上似乎没有明显的变化。人们在说的还是那些生活上不曾停止的事。七情六欲，生老病死；工作，家庭。它们听起来总是那么地耳熟能详，就像每个人都难以避免的，长在脚趾间无法根治的一种癣，只会频繁而不定期地发痒。

那样的癣，我当然也有。然而正因为它那么普通，又无药可解。我便觉得与其把脚提起来，呼朋唤友帮忙抓痒，还不如沉着地适应。就像适应天气，适应生活中躲避不了的孤寂；就像适应与现实对弈的诸般规矩。

我在适应呢。在适应雨，适应风。在适应英格兰夏季的阴冷。适应教堂的尖顶上屹立着一只公鸡，而不是别的。适应被奔忙中的松鼠窃听我充满乡音的秘密。适应远方的友人把我当成这里的报时器。适应赤脚走在微湿的草坪上。适应香肠中的果粒。适应不断地取舍。适应别人对我的不适应。适应我自己的身世。适应在人间当个行者。

而我过得很好,已经适应了新的手机铃声,也可以在晚上九点的阳光中做一些零碎的梦。

暂 停 键

窗外还停泊着夏天的景致，有时雨有时晴，潮湿的风在别人家的院子里浅浅流动，于是总听到叶子在沙沙地响，于是总神经质地错觉有雨。

卧房墙上的那一幅鸢尾花，还停留在一八九〇年被梵高画成的季节中。那一年七月底梵高在瓦兹湖畔的奥维尔开枪自杀，死在弟弟的怀里。据说鸢尾的花期在五、六月间，那是个初夏了。但一八九〇年的夏日毕竟太古老了些，画里的阳光已然锈黄，最靠右的那一朵鸢尾花也许在百余年前离窗最近，有点像被晒蔫了，涂了一层铜色。

尽管镇上还有人家在策划着周末的烧烤大会，夏季还在每一片翠绿的树叶上起劲地闪动它的信号灯，但我知道秋天已经上好妆站在后台。小镇上卖衣饰的店铺都在甩卖夏季剩余的色彩。我每天经过那些橱窗，看到每一件夏日的衣裳在别上打折/清仓的牌子后，便于短短数日间被阳光洗尽铅华，特别显得老旧和苍白。

季节在和我玩一二三木头人的游戏。尽管每次抬头，看到窗外仿佛还定格着昨天的夏日，但我知道它会在我低头读书时，偷偷卷起逐日褪色中的影子，沉静而暧昧地往后退去。

下一个季节正缓缓淡入。

我想按下暂停键。

这些日我在读大江健三郎的《换取的孩子》。书里说的是生者与死者之间通过想象完成一场时空错位的对话。这是我继《博尔赫斯谈话录》以后，马上又读到的一本与谈话有关的书。嗯，大师在说话。我如此卑微，只有安静下来，聆听他们的孤独。那么孤独，以致生者像上瘾似的听着死者留下的一箱子录音带，并一次一次按下暂停键，与遥想中"另一头"的对方通话。

至于博尔赫斯，他像一个4/5失明的天竺鼠，被那些好于表现的提问者放在透明的盒子里观察。我通过每一篇访谈去想象那些采访者与记录者，他们大多不甘于仅仅扮演采访者的角色，却又想不出什么更有意思的问题，于是他们积极地在采访中发表自己的意见，或高调地反驳对方的说法，甚至也会忍不住说些调侃的话，或是花笔墨去描述老人家畏妻怯懦的表现，以及他在街上行走时狼狈的模样。

他们兴致高昂，就像在描述的是一只正在逐渐失明中的天竺鼠，如何笨拙地从它的跑步器上掉下来。

如同站在楼上看风景的人，我觉得透过这些访谈去想象提问者，会比透过访谈中所描述的博尔赫斯去想象大师，要更有趣些。我一直以为人们侃侃说着"别人的事"时，总是不察觉这其实是一种暴露自己的行为。这一点，专业的说故事者，如小说家和电影导演，或许最能理解。

现实中的大江健三郎是小说家，小舅子伊丹十三是导演；小说里的古义人是小说家，小舅子吾良是导演。大江健在，伊丹已死。

想到这里，我又想按下暂停键。

没有用，季节还在窗外鬼鬼祟祟地移动。

说起对话，便想起昨晚看的电影 The Taking of Pelham 123（《地铁惊魂》），也想起前些天有人问起我写作的事。有人问我生命的追求和写作的状态，有人向我讨要写作成功之道。这些提问听起来都很像对话的题材，可我知道自己把"对话"一词定义得太严肃了些。我总认为它不但得有个主题与范围，还得有个对象。"对"这个字十分关键，它本身具有某种绝对的原则。它意味正确、平分、相互、投合。像博尔赫斯与大江健三郎这等文学大师，他们有过人的才学和异于常人的想法，到过别人无法抵达的秘境，或许也曾经得到过神谕或领受过命运的回音，他们有对话的能力和需要，却恐怕一生难得遇上对等的谈话对象。

大多时候，他们会面对平庸的读者、好奇的打听者，以及急于表现的采访者。

（我如此卑微，只有努力屏住呼吸，在这喧闹的世界尽量腾出一点空寂，以承载大师们的孤独。）

我的对话能力，大概就如我的文字，只能去到"闲聊"的层面上。而倘若只是闲聊，何必又谈文学？对我来说，书写时若曾有过自觉，无非是希望把文学淬炼成生活的影子，让它如镜像一般反映我的存在。我不想仅仅因为文学曾经带来过荣光，就不断把它放大，让它膨胀，使其成为笼罩生命的一个巨大魅影，或甚至取代了生活，成为生活本身。

不好，稍不留神，已经有了点对话的味道。

你不妨在这里按下暂停键。

左手世界

我说，秋天从第一张掉落的树叶开始。

是我说的。

人们说那是一年中气候最美好的英国九月。人们说，fantastic。这个词我认得，它有点浮夸，像一个留着小八字须，衣服穿得过于华丽，领口的装饰尤其花哨的家伙。Fantastic。法国籍，皇室后裔，爱吹嘘。

九月后我回来，书桌前的窗换了一副茶色眼镜，依然静静地注视楼下的街景。行经中的路人与狗，马背上的少女，坐轮椅闲逛的男人。蜘蛛在窗玻璃上，用谁的白发织了重重的网。她如今还腆着鼓胀的腹部，像个不介意怀了谁的种的孕妇，每天细心缀补网的破落处，偶尔检查风干在那里的夏虫与蜻蜓。万物的劳作似乎都有了成果，松鼠的粮食贮藏也快要告一段落。一个月前我每天重复走过的公园小路，正逐渐被落叶收藏起来。

人们说秋天了，应该让我结识这镇上最爱钓鱼的老先生，一个 misogynist，词典上说："厌恶女人者"。朋友说 Mr. Misogynist 一定会喜欢我作伴，因我比鱼更安静。我想是的。倘若米索先生看见我挽着购物袋（里面有两包剥了壳的虾子，一掌壮观而青涩的香蕉，油桃，瓶装的千岛沙拉酱，含果粒和谷类的酸奶，刚出炉的牛角面包）独自站在快要被落叶吞没的公园小径上，观察秋日太阳在草地上发牌，一次一次罗列树的影子；假如他看过我隔着落地玻璃，坐在湿冷的阳光中观看一只松鼠如何在院子里埋下果实，然后再攀到篱笆上沉思，米索先生必定会同意他们说的，我比鱼更安静。

我想是因为我不习惯英语会话。如同用左手书写，它让我自觉笨拙、疏远、别扭、不精确。我总得小心翼翼，才不至于把话说得歪歪斜斜。用左手的语言说话很累，不如我给这世界回馈一点清静吧。不如我用涓涓的无声，慢慢消融语言和语言之间顽固的陌生。

在期待着与米索先生见面的同时（我见过那条弯弯曲曲的静谧的小河，仿佛有一枚至尊魔戒沉睡在那里。我见过河上有离群偷情的灰鹅，见过鱼在水里打呼噜），我又玩起了 Sudoku（数独）。阿拉伯数字如童言稚语般简单而亲切，我排列它们，计算它们的位置，如同秋日在操练树的影子。叶子掉了，树上的苹果红了，捷克来的咖啡馆老板娘犯乡愁了。研究顺势疗法的妇人们背负各自的病痛（关节炎、哮喘、糖尿病）聚在一起，如女巫般虔诚而偷偷摸摸地采集露珠与提炼药物。

我以为这里已经够安静了。人们静悄悄地在过日常生活，Royal Mail 的邮差们仍然穿着制服，推着红色的邮车，上班似的，若无其事地罢工。前天才有个十一岁的孩子，在上帝注视着的某幢建筑物内静静地上吊。没有人觉得自己有多大个事情值得惊动其他人。那么我想米索先生的耳朵能有多敏锐，又有多脆弱呢？他听到了吗？上吊的少年把垫脚的椅子踢开；病危的老人隆重地，把喉中的痰当作讳疾或难堪的往事，欲吐不吐地收藏起来。

要有多敏锐的耳朵呢？我们才会听得出来，那压缩在缄默中的困难、苦楚、痛与呐喊。然后发现，人间的无声有一部分是噪音，且极度暴烈。

秋天了。我那热带人的身体警觉地主动与降温的季节对峙。上个周末我带着Sudoku，铅笔，胶擦，以及水一样正吞咽着世界的静寂，到巴黎走了一趟。那城市古老而浮华，许许多多的哥特式建筑物，无数的工匠与大师合力堆砌的繁华盛景，让我感到视觉十分疲劳烦腻。回来后，坐在这书桌前，我亮了台灯，印象中的秋日巴黎便在那光晕下迅速消退。奇怪，尽管我还能告诉你那无数雕栏玉砌的落地窗，石板路上许多的长筒靴，以及橱窗中被寒冷催生的银灰与紫红，然而对于"到过巴黎"这回事，我忽然没有太大的把握。

也许对于所有观光的游客而言，所有城市都是这么回事吧。在走进去以前，这些城市都陈设在橱窗里，我们是街上游手好闲的观望者。待走进去了，却像在卢浮宫中穿梭于雕塑和油画布置的历史矩阵里头，蓦然抬头，发现落地窗外蓝天如帷幕，老人与鸽子在广场上踱步。而原来，城市一直在外面。

　　无论我们站在哪里，用什么角度，一个过客所能看到的，无非都是别人的世界。

　　我就这么说了。

遣悲怀

雪后雨，雨后雪。平安夜了。月流冰河，鸟栖荒枝；平野有多阔，星图有多远，便有多少上苍排列的命运公式。窗外云烟成雾，雨成锥，玉阶有白露。云杉常绿，树有华彩；天有离魂，爱如潮，心葬无处。生死有命，而命，则不外乎离合，不外乎得失，不外乎有人欢喜有人愁。

虽说是平安夜，多少人仍秋心紧系，柔肠百结。我算是一个吧。即便来到了诸神的花园，闻到了香熏，听到了音乐，吃到了飨宴。即便冰箱里堵满了食物——羊腿、火鸡、圣诞布丁、肉馅饼、奶酪蛋糕、奶油、抱子甘蓝、草莓。贮藏室里还有面包、土豆、果酱、香槟和咖啡酒。这阵仗，预告了连场的暴饮暴食，甚至有点醉生梦死的味道。

但我偷偷想起几个月前在小酒吧里红着鼻子说话的男人。他举着冒泡的啤酒杯说："你可知道'生活'和'活着'的差别？"而今他躺在医院的病床上，枕下藏着一帖"活不过明年春天"的预言。其妻已经在上班的地方练习遗孀的姿态。而我仍然以为"拼死地生活"毋宁是颓废者的选择，或纵欲者的借口，远不能与"拼死地活着"相提并论。

我又在说扫兴话了。平安夜，这里的"撒玛利亚防止自杀协会"无人值班。不是因为今夜无人有轻生的念头，而是今晚上没人想闻知人间疾苦。但据说每年圣诞过后是自杀高峰期，说来与周末过后的"星期一症候群"雷同。惟圣诞要酝酿三百六十多日方成，比之周末七日一个小周天，酒性更烈，醉人容易，伤人更甚。

晚餐坐在圣诞树旁吃烤羊腿加沙拉，餐后小酒，我忽然向沙发与电视告辞，说平安夜了，要祷告与写字。写字事小，"祷告"却是句重话，故排名有分先后，亦无人敢阻。但我其实无话想与上帝说。尽管一年下来不乏可感恩事，譬如其所赐，譬如其所夺，终无非得失。这些得失，更多是神的意旨，强于我所愿。过去一年间，骑驿马星闯荡，高山远水兜了一圈，但同时家乡的亲友亡故，爱别离，每个噩耗都是一场顿挫。我不说意难平，但念及生死契阔，若要为此砌词感恩，终自觉太过阿Q了些。

因祷告中无言以对，我坐在小房间里听了一夜教堂的钟声。那钟报时，一时一响，从薄雾里荡来。教堂明明很近，钟声却悠远。这一彻夜，潮湿的云多次过境，雨滴被钟响震落无数，恍惚僧庐听雨的意境。唉，我明白的，天道有时，荣枯有序，花自飘零水自流。我年纪愈长便愈明白，我所有的一切，时也，命也，才智也，甚至亲人和缘分，不过都是有生以来随身携带的借来之物，也都归还有期。而既然本无物，尘埃惹何处？

尘埃者，六欲七情吧。

不想说了。能说的都是可道之道，却未必是可行之道。这是多年来，第一次在平安夜里感到恨也无益，诉也无益，悲怀难遣。如此胡思乱想，便听到午夜钟响了。虽有禅意，未妨惆怅。平安夜如此，莫道不凄凉。

行　道

火性，女身，射手。

射手乃火相星座，位于蛇夫之东，摩羯之西，坐落银河最亮处。主宰行星为木星。

五行说——木生火，火生土；水克火，火克金。

再想起命宫中或可呼应的驿马。马乃四柱神煞之一，喻走动奔驰之象。吉时预言乔迁之喜，顺动之利；凶时预告奔蹶之患，驰逐之劳。

但朋友啊，我要说的无关命理。我说的纯粹是意向。

*

我又回到远方了。诚然，"回"字于我是个太多棱角的立体，又如六面一色的魔术方块，虽面面俱到，却充满歧义。但我知道的，人生能有的行旅，无非上帝的回力标。祂掷出去多远，我就能去得多远了。

沿着那回力标弧形的航道，我回到久违的小镇。它安详地端坐在初春中。空气里浅浅斟酌了冰镇过的阳光。野地上长出许多水仙来，花黄，风骨娉婷；初生的铃兰像无数稚嫩的印度舞娘，在流光中轻轻晃动一身的铃铛。

我终于回来了。案头上有新鲜的黄玫瑰；左边有书，右边有装在瓶瓶罐罐里的杏仁、榛子与核桃。早餐后有白咖啡，下午有加了柠檬片的红茶，傍晚有雷雨声中的瑜伽；窗外有善变的光景，窗内有沉淀的宁静。我再无所求了，尽管那么多人曾经抱怨，这里的天气阴盛阳衰，云层总像厚厚的湿棉花，专供抑郁症发芽。但我怎么可能装着没看见草地上挺拔的天葱，还有鳞茎已抽出长条叶子来的风信子和郁金香？怎么可能因为天色阴沉，我就没看到园子里那些轻佻的松鼠和圆滚滚的鸽子？

如果阳光意味着能量，显然前半生我已在赤道上充电太多。如今，我不会比这些柔弱的温带花草有更多需索。

这几年气候异常，南北有温室效应，西有冰箱，东有焚化炉；仿佛地球在苦修，经历它凤凰涅槃似的冰火。新年在老家时，闻说西方暴雪，但家乡连日无雨，而太阳愈老愈独裁，硬是把所有生灵三煎三烤，让我领略了它36摄氏度以上的暴政。

我最不喜欢新年时候的老家了。旱热固然叫人难受，而那时大城小镇总必堵满归人，家里会被突然热乎起来的亲戚朋友挤得水泄不通。而不管电视荧幕有多大，里面也必人影幢幢人声嘈杂；加上午夜鞭炮惊雷般声东击西，把好好的睡梦轰出许多窟窿来。

为了对抗溽暑与热闹中的空泛，我在节日中大概表现得比平日更沉默一些。每每亲友相聚，我比过去任何时候都更寡言和笨拙。天知道我五行属火，天知道我如何集中意志力在抑制恬静的躯壳与冷漠的灵魂中，那作势欲扑的红兔、白豕、阴火，以及骨子里的烈性。天知道我年岁愈大愈察觉光阴状似踱步其实在疾行；天知道我对不为我所喜的人与物事，愈来愈失去耐性。

我已临近不惑了，人生中通过各种经验去堆积或形塑自我的阶段早已过去。那以后我其实都在静静地，从许多混浊的认知中过滤自己。就像把前面三十年辛苦叠加的种种，依据某种价值观和神秘的次序逐样排除，直至我终于看清楚了自己的原色与本相。

我敬爱的博尔赫斯老年时那样说过吧："因为我多少成为了我自己。我知道自己的局限性，我知道有许多事情我不应该尝试。我相信我知道自己应该写什么，或者能够写什么。"

从发掘自己的可能性到确认自己的局限性，我以为人生中关于"自我认知"这回事，到这儿该告一段落了。

就像终于等到平湖如镜，我看真切了自己那半身人半身马的水中倒影。

也就始于那一刻吧，我失去了与世俗生活协调的意愿，也没有了斡旋的耐性。

所以我在新年时的某个下午给惯性迟到的友人发短信，告诉她不要再浪费我的光阴。所以我在人来人往的咖啡馆里抬起头来，冷冷地拒绝了关于服装、鞋子和包包的无休止的话题（我说，为什么我们的友情要落得如此维系？）。所以我转身离去，又坐上了那张名为时光的飞毡，沿着上帝那回力标的航道,来到远方。

　　亲爱的朋友啊,我知道"远方"其实是两面对视的镜子,本无所谓极限与终点。我知道上帝无所不能,自然能把回力标投得更远一些。但我想祂会明白的——无论何时何地,我要抵达的"远方",不过就是眼前这样一扇临街的窗,以及一张清静无为、永远自供自足的书桌。

梦 有 所

昨夜的梦境是一条看来极短，但宽敞得出奇的林荫道。那诡异的纵深度，梦所专属。

但在梦中我们不觉其异。踩滑板的少年全副武装，在那道路局促的长度上来回奔走。不知何故离场的卖艺人，在路旁留下一个打开着的，里头有些硬币零钱，会播放音乐的吉他箱子。我牵着心爱的金毛犬 Coco 淡入梦里，与死去的友人站在路上聊天，平静地问起他逝世后的生活种种。

我自然记不起来他如何回复。只记得他双手松散地交叠在胸前，站姿悠闲，不时举头看看天。我也抬起头看了悠长的一眼。空中似有一座看不见的棚架，道路两旁的巨木抽出无数长长的枝丫，如群蛇在架子上扭缠。那真像一张巨网，兜住了蓝天。阳光漏网而出。金毛犬在我脚下团团转，它探出前爪，试图捕捉印在路上的光斑。

葫芦形的乐器箱子播着 *Invocation*。狗的举动惊起一些光斑，它们变成发亮的飞蛾，在我与死去的朋友之间袅袅上升。我们俩都不说话了，定睛注视着光如蝉翼，在音乐中徐徐腾飞。你听见吗？那空箱子传来的音乐时断时续，仿佛时间的碎片卡在乐曲的关节。我听见的，我在梦中闭上双眼，听见天体运行，宇宙中亿万个大大小小的齿轮同时运转；黄道十二宫走马灯般影影绰绰。天外有天。我们的地球在它的轨道上缓缓滚动，像留声机的钢针在唱片上行驶。

睁开眼睛时，我躺在柔软得像云朵一样的睡床上。梦已把我甩回到现实里。风卷帘，流云载月，夜凉氤氲。音乐还在梦里梦外来回飘荡，原来是 Lisa Lynne 的竖琴。窗外有人开着机车经过，那机车发出屁音般的怪响，骑车的男人咬牙切齿地咒骂，婊子，婊子。

今朝与室友谈起，他们说那男人必定是个单身汉，他也一定骄傲地知会了镇上的每一个人,说自己凌晨时就要驰骋远行,把今年剩余的夏季都挥霍在路上。可机车像一头恋家的犟驴,还没离开小镇便开始闹别扭。要是天亮时他还在镇上溜达,那该有多尴尬?婊子,婊子!

我捧着满满一杯咖啡在想象那人的焦虑。想象他终于停在路旁,对那机车疾言厉色大声谴责,并狠狠踹上一脚,把那可怜的老伙计踢翻。而后他数落够了,便会讪讪地将机车扶起,一边喃喃说些道歉的话,一边推着它继续上路。

不知怎么我对朋友的揣测深信不疑,还有点遗憾自己错失了这凌晨时分在街上演出的谐剧。我真相信小镇上的生活确实如此。来自曼彻斯特的红脖子先生每天傍晚后便风雨不改地把镇上的三家小酒吧轮流踩遍。卖酒的中年女人会因为月事失调而对顾客咆哮。从南非回来的失婚妇人拈着酒杯,向每一个趋近吧台的男人诉说她往昔的奢靡与辉煌。工人俱乐部里唯一的撞球桌周围,总有掌中揣着硬币的人在耐心轮候。社区小报会郑重其事地报道某镇民拒付一张泊车罚单的消息。人们为此高举酒杯:好样的!我们支持你!(那表情,就像他们说的是"天佑女王")

你真得相信，这里可能会有人纯粹因为活腻了而立志死去，并且留下遗嘱，声明把财产留给一只德国黑背或红嘴鹦鹉。

这些事，总让我觉得有点滑稽。但也是因为这样，小镇于我成了一个开放式剧场，每一分地都是舞台，每个角落都是观众席。到处都有人一边咬文嚼字说着优雅的英语，一边大口大口吃着简陋的 fish and chips。我好奇地观察他们的生活，看他们怎样在小酒馆、邮政局、教堂和露天市场等几个场景中，演出他们的情景喜剧。就像春天时我蹲在小径旁细看野生的水仙和风信子；夏天时提着凉鞋，涉水到小溪那里看天鹅在它巨大的鸟巢中孵蛋，或是坐在公园的草地上观看鸭妈妈与鸭爸爸领着宝宝们大摇大摆地到人行道的另一边探险。两头矮种马低头在刨草叶，慵懒的肥猫披着蓬松的皮草在秋日街头烟视媚行，过动的狗儿以慢镜纵身入水去叼主人所掷的枯枝……这儿的禽畜生活美好，人类却不外乎几项通病——酒瘾、肥胖、孤独。

我被这一切逗得哑然失笑。

除了家乡那多愁善感的金毛犬 Coco 以外，奇怪的是，我日间所思念的人，夜里都未曾入梦。那位死去的故友虽不常想起，梦中倒是经常出现，仿佛他的灵魂吊儿郎当，还在人间流连。我们在许多奇怪的场景中相遇。记得有一回在破落的考场里同为考生，座位隔得不近不远，虽看见彼此却没法交谈。而梦中的我们似乎也无话可说，仿佛我们都晓得那考场就是人生，也知道每个人拿的考卷并不相同。

大半生过去了，故友已听到催促交卷的铃声。他走了，而我还守在座位上。考卷很长，前面一长串的复杂问题可以依仗小聪明去解决；后面的问题愈来愈简单，却需要大智慧去回答。我喜欢这个漫长的考试，不因为我懂得那些问题或知道它们的答案，而是因为在追求答案的过程中，我逐渐发现了考试本身的奥秘和意义。

我也因而怀疑，在每一张看似迥异的考卷中，这会不会是唯一相同的必答题？

那一次以后，我似乎再没梦见过考场了。梦已把我甩回到现世。但只要还活着，我就仍然得回答人生各个场域，诸如爱、恨、理想、现实、岁月和命运等等的许多提问。

现在我知道了它们喜欢变换各种形式来问同一个问题,也知道了每一个问题都可能是另一个问题的答案。说来真像参禅,尽管目的是要参透,但"参"是一道回避不了的长途,"透"则是横于终点线上的一条彩带。

彩带就给别人吧,我只想收获沿途的故事与风景。

听·从

这是牛毛细雨了。

肉眼不易察觉。飘若密针,落地无声。

这是在零时区,典型的英国天气。天蒙尘灰,云如泼墨,一整日都在酝酿着伤感的气氛,催促病人阖眼长眠,怂恿爱侣分手,也在培育着新一批忧郁症患者。隔邻那庄园般的房舍据说住了一个病危的老妇。想她正躺在床上,目光穿过擦拭得很干净的窗玻璃,但窗前只凝固着阴郁浑浊的天色,像一床晾不干的厚床褥。乌鸦呱呱,却不曾飞过。

我到这里来一年多了,从没见过那传说中的病妇。倒是见过她的丈夫,那位穿着三件头西装还系着蝴蝶领结的老先生。他清癯、瘦小、神情严峻,眼镜片光亮得如同他家的窗玻璃,似是一生洁癖;与我想象中的英式老绅士形象吻合。听朋友说,这家人祖上出了个人物,那是赞美诗 Amazing Grace(《奇异恩典》)的作者。这首歌脍炙人口,于我一点也不陌生。少年时我在家乡那卫理公会小教堂里,也曾不知其义地跟随大伙儿沉浸在那乐曲的催眠中。

我还记得那个弹钢琴的男生,当时血气方刚,又志得意满,把一首婉约柔美的歌演奏得像出征曲。

现在我懂了这些诗词的意涵,知道它的出处和缘由。恶徒 John Newton 在海上遇险风恶浪而不死,遂相信有上帝,也明白余生即神所恩惠的"重生"。啊,你对自己的人生还有一次选择的机会。他后来离开贩卖奴隶的运船,从事神职,而《奇异恩典》是他那样一个知罪且自觉该死之人对神恩的礼赞。

只是这世上不会有多少人自以为该死,或许有更多人把活着视作该有的权利;都说好死不如赖活,死亡才是对生命的剥夺。那样的话,也就不会把活着当成恩典。我认真地想了想,倘若死亡真是种惩罚,那或许绝大多数人都有理由抗辩——谁又真造过那么多的孽,以至论罪当诛?

于我,死却如生一样,是中性的。它不带任何偏见,也不会有任何漏网之鱼,仅仅是对"生"最后的打包处理。它是对生命的成全,最终必须与"生"工整对仗。换言之,它也是我们对后人甚至其他生灵那生存权利的礼让。它让天道维持平衡,控制地球的载重与负荷。若"生"是个恩典,它与之对应,像个天秤,各为一整个恩典的两端。

也因此,这世上有谁不该死呢?我想不出来。连神子耶稣都是该死的,否则无法完成那早被编写好的终场——三日后复活升天。祂生过了也死过了,上帝对生死之事锱铢必较,生死册上既不长账也不短账,总是这头来那头去,一个也不能少。

自我离开家乡后,这几年来连着几个亲友故去。我几次受了惊吓,像个孩子似的坐在房子的楼梯阶上,觉得忽然被上帝从我的生命中没收了什么。这多么像某种扑克牌游戏,上帝发了牌,然后从我们手中一一把牌抽回去。我无权抗拒,只能抓住一扇牌,眼睁睁看着这次被抽走了一个 K,上次是 Q,再上次是 J。所谓生离,是被抽走了的牌仍有可能因缘际会轮回来；而死别，则是它们被没收了，上帝不会归还。

　　这游戏最吊诡的地方，是我们总会因为手上有牌，便以为自己是玩家；却没意会自己也只是个符号，就握在别人手中。

　　黛玉说的——侬今葬花人笑痴，他年葬侬知是谁。

　　人总得经事长智。我也学着理性看待，把死亡看成此后鱼雁难通的一种别离。而事实上，我又何必自欺欺人呢？即便大家都在生吧，谁不兢兢求存，盲盲漂浮于滔滔浊流滚滚俗世，每走一段新路识一些新人，用一些新的记忆覆盖前尘；亲人朋友之中何曾有多少倾心关怀、常相往来者？其实我们就像黛玉葬花，伤他人之逝，无非多有自怜之情。

　　我知道自己是个可以很柏拉图的人。我那洁癖的眼睛、耳朵、灵魂，在芸芸众生中，始终爱着某张不太可能重回我手里的扑克牌，也仍然祝福他，期许他无灾无祸，生活静好。并祈求上帝让我先于他从人们手中被抽去，免我于"真正失去"他以后的伤逝与自怜。是的，我可以成为柏拉图的追随者，那是我灵魂的选择。快四十年了，她已不再是一个被身体豢养的模糊影子，她在肉身与心灵的经验中吸取教训，创造自己的信仰，有了笃定的意念、清晰的想法、坚定的志向。她反复地驯化身体，让身体听懂她的语言，接受她的理想和信念，服从她、皈依她。

朋友那天在MSN上问我，迄今为止，可曾觉得生命中有最幸福的时光。起初我无法回答，是因为我从未想过该如何定义"幸福"，这词毕竟太笼统；或者说，我不太确定友人指的是人们一般追求的生活品质，抑或是我自己更在意的灵命和精神境界。也是因为我知道问这问题的朋友，这些年来诸事不顺，明显地愈渐萎靡、消沉和衰老，我实在不忍说，若论心灵的饱足和生活的平静，我觉得这几年最美好。

是的，我这些年很好，非因生活中无挂碍故，也非因异乡生活多精彩故。不管我漂泊到何处，生命本身仍然是个长长的月台，总会不断演出生离死别的戏。但我在这几年间清楚感觉到灵魂的壮大，身体比她早熟，但她几乎以顽强的天真驾驭了身体，让身体成为她的信徒。我以为那是一个"我"的完成，也是我这几年在做的事。

这我能说吗？而要怎么说，我的朋友们，那些从未听到过灵魂发声的人，他们才能听懂？有些感受和体会远在语言之上，愈解说愈容易让人迷失，注定了只可意会不能言传。

想起《奇异恩典》：I once was lost, but now I'm found, was blind but now I see.

或者我根本不必多说什么，我的朋友会亲眼目睹。事实上我知道他们已经发现（即便更多人会错愕，以为那是文学的神迹）——逐渐地，我正成为自己的灵魂所喜爱的人。

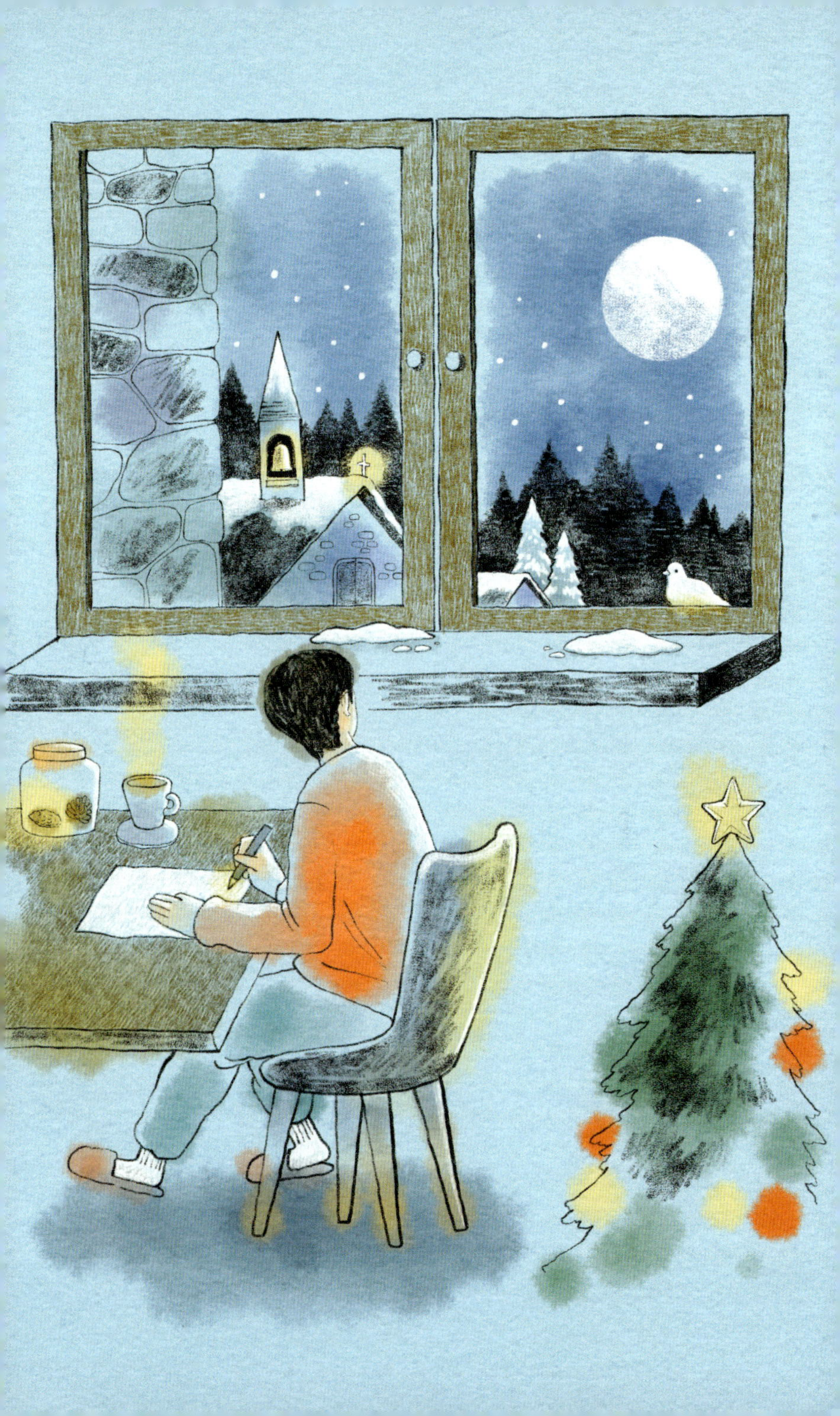

日 月 迈

在"永恒"的注视下,时间不需要刻度。

*

虫已鸣秋,白昼即短。书桌是我的日晷,每天看得见日照式微,它也如情人的厮磨正逐日降温。但太阳依然在原位站岗,从以光年计的远方穿云而至,把微风中恍恍的叶影加磨砂窗的纹理投射到我的桌面。

我在读书,并未真正意识到日影的隐喻。

四苦中的第一个名字早已被念出。

我这几年读书可比以前认真多了,只为了要优雅地念出第二个名字的发音。

也许因为不适应季节更迭,离乡北往以后,我总会在四季的转接点生点小病。这些天美尼尔综合征复发，病情明显比过去任何时候更趋严重。病发时天地凶暴，执我首足施以扭绞，也像挤牙膏似的欲将胃中物清空，直至连最后的一点浊黄色苦汁都拧出来了才慢慢罢手。我捧着白色小陶罐（它本属于一株文竹，那可怜的植物于去年被深雪所埋）坐在床上，在掺了胆汁的胃液中看到了四苦中的第三个名字。

它与第二个名字之间并无空格。

它的发音难听，念起来得呕心沥血，听着有点恐怖。那是一个谁也没得优雅念出的名字。

嘘——别说，别说。

这一季第五度病发时，我才真正感到惊惧。这些年来我饮食健康，作息有节律，然而优质的酸奶蔬果糙粮白肉抵抗不了这些接踵而至的名字，每日一小时的瑜伽和周末在湖畔与林荫小径上散步也不行，野生蜂蜜与各类坚果无能为力；笑亦无效，安静也无作用。要来的终归会来，命运编排好的一系列名字。

我有怵惧，实非懊恼。因这惊怖中不含丝毫悔意，也不悲春容舍我，秋发已衰。我从未想过要走进博尔赫斯异想中那小径无尽分岔的花园，以找到人生中某些已逝的时刻重新抉择。叫我惊愕的是在逐一念出众苦之名的过程中，生命本身对于其存在状态的另一层领悟。

像一尾鱼游入了真理的深处，赫然发现困住自己的并非鱼缸、湖泊或海洋，而是水。

漾漾的水之于鱼，它供给生命所需的一切实质与抽象，向生命暗示以爱、希冀、延续、包容与祝福。可它犹如空气之于人般不易察觉感知，唯有因它渐冉稀薄，我才缓慢而清晰地感觉到一种被抽空般的不适，却又无法辨知其流失的速度，以及它剩余的状况。那介于知与未知之间巨大的空无令人惶惑，且生敬畏，且生怯懦。

听懂了吗？那是一种关于生命的"空间感"之转型，仿佛我逐渐以与过往不同的焦距在凝视人生，遂如鱼之目睹水一样地看见了空间的本质，也发现了空间之囿无非是个聚焦失误的错觉。

因为这发现，最近我总趁着晕眩症尚未发作（也可能根本不会发作），埋首在局促的光阴中读一些科学、哲学、神学与文学的书籍。日照愈来愈浅薄，太阳悲悯地注视着我这临窗的书桌，从大西洋上空飘来的云朵如长安少年成群闲荡，有意无意挡住它的目光。这儿的医生对我这老毛病也一筹莫展，只有吩咐我不得劳累，必须抓紧时间多作休息。我在这庄严的叮咛中听出了一种叹喟，充满无奈之情，出口小心翼翼，像是担心我体内的病毒会听见我们的无能。

嘘——

要是在几年前，我会把休息当作虚度，但青春已泯，身体对休息有了更多渴望和更强大的意志，每天能睁着眼睛工作与思考的时间已不比当年。这事似乎谁也回避不了，身边的长者每天早上从泥沼般的梦境中咬牙切齿地挣扎醒来，每天他们都说"你难以想象我以前有多么勤奋"，如此喃喃，语音未落，中午便又眯着眼睛滑入到一种混沌的、近乎梦的状态中。

秋所以惆怅，于我非因草叶色变，落木萧萧。毕竟秋色迤逦，树有霞彩返照，视觉上是一年中最丰收的季度。奈何从此时起一日的晦明晨昏明显相互消长，渐渐的，每日得于昧旦中醒来赶路上班，又得在晦暝中离开办事处，于一朵朵的街灯光晕下蹒跚回家；一往一返之间，因未见天日而感到无比的沮丧和荒唐。人生中也有这般时候，昼短苦夜长，身体再不肯二十四小时待命，每日可用的时光愈来愈少，且都不得已而卑琐地必须先贡奉给凡俗生活。那些被衣食住行与许多俗世责任撕咬后剩余的时光，而今还得因病糟蹋，以致"日子"枉为日子，唯流光而已。

这些天为"时日无多"的烦忧所困，特别想认真读些值得阅读的书（并在这些书中发现一张分散了的长长的书单），偶尔动笔写字，往往一不留神便耽溺于无边无际的思考和着迷，落笔甚艰，几如镌琢，仿佛只想写些不枉此生的文章。

我自知把这些话说得老气了，在时光面前谵妄迭连，实如晨风怀苦，蟋蟀自伤，也像鱼之无视水而徒见鱼缸般无非错觉。有时候我也企图像个科学家似的，想把时间"仅仅"当成是记录运动与变化的参数，然而这无助于抵抗变化本身所造成的不便、焦虑和忧愁。说来还不如跃入"太初有道"的神思中，寻找"永恒"的角度去睥睨光阴，并且因为无助而开始迷信：生命作为一种能量，最终将回归到无垠的时间里头。

　　这想法听似玄幻而宏大，说穿了终也卑微。我想说，不过如一尾困居的鱼儿开始在梦想鱼缸外头也是水，浩瀚之水，无涯之水。

在我很安静的时候

　　风从十分陡峭的教堂房顶上溜下来，穿过扶疏的黄叶与锈红色的树丛，拂过两匹矮种马颈上邋遢的鬃毛，从倦怠的太阳眼皮底下轻轻窜过；穿过了永远在路上步操的时间大队，摇落了好些叹息般的叶子，在两个金发女孩的头上随手一拨（她们甩着头咭咭笑），穿过窗前那一丝不苟的蜘蛛网，融入我袅袅的音乐，如轻烟漫入轻烟。

　　其实没有事情发生。只有这些，风滑溜溜的踪迹，在我很安静的时候。

　　我在读唐·德里罗的《白噪音》。他说，现代社会的种种喧嚣无不是在掩盖人们对死亡的恐惧。由于掩饰的力度过大，又如此集体，生活便充斥了荒诞的行径，几乎成了闹剧。

真不愧是美国作家，小说里的画面很有好莱坞的味道。

果然很嘈嚷。喋喋不休的人们，空洞而争持不下的拌嘴，严肃非常却毫无意义的讨论，暴食，疯狂购物……视觉效果与耳鸣雷同，有一种枯燥而无穷尽的轰炸感。那样的生活看着就是一种灾难，啊，一个能把青蛙不知不觉地煮死的大镬。

奇怪的是，一九八五年初出版的小说，二十五年后经过翻译漂流到我手中，我打开它，竟觉得里头的人与事与生活仍十分亲近，仿佛今天的人们仍然活在完全相同的噪音之中，继承了父母辈的病态（神经质、语无伦次、言不及义、好辩、顾左右而言他、对药物过度依赖，总是荒谬地表现出不合时宜的镇定或慌张）。四分之一个世纪过去了，科技大跃进，但人类生活本质上竟没有明显的变化。倒是飞快进步的科技本身含有自毁的悲情，它成了人类头上一蓬日渐膨胀的黑色蘑菇云，人们愈活愈战战兢兢，却也多少因为绝望而表现出豁出去了的一种悲壮。

世界仍然如此面目，书中的世界几乎像昨天才全球公映的一部好莱坞新影片。

我脑中浮起的是 *American Beauty*（《美国丽人》）。

我说的是一个神经兮兮的美国中年男人。白人。我说的是这地球上某些优越者的恐惧与失落。

我不能认同死亡就是人类终极的恐惧，我以为"存在的终结"不会比"存在的失效"更让现代人（特指城市居民、知识分子、中产阶级）感到困扰。前者是躺在海地医院地上密密麻麻的霍乱症病与蹲在巴基斯坦荒瘠土地上等待救济的灾民才配申诉的烦恼，后者则多少有点像飞机商务舱乘客在享用法国香槟时因为感受到气流冲击与飞行颠簸而闪现的惊恐。也就是说，"存在的失效"本身是一种高等级的愁苦，在一般情况下，那是生活优渥或至少衣食无忧者才能进入的意识层面。

对生命意义与存在价值的感知，到底是"吃饱了撑出来"的病，便不免有点庸人自扰的味道。

在我很安静的时候，世界就这样不断地酝酿、生产与散播这种风一般无形无相的病毒。人们不得已地在追求文明与进步（路愈来愈陡峻，轮子愈转愈快），再提心吊胆地忍受文明随时反噬之苦。城市天空中乌黑的蘑菇云撑开了一张巨伞，伞下的阴影愈来愈深沉愈来愈辽阔，那是噪音的温床，充满了各种堂皇的资讯、预告和宣言。而在那里生活的每个人本身就是一根载满各种病菌的试管，淫奢、虚空、寂寞、抑郁、怀疑、不满……诸般恐怖，在噪音围攻之下，如群蛇日夜听见弄蛇的笛声。

我是那样想的——为着"人类文明的进步"（意思是让人类的身体有更多退化的空间），我们早已打开了潘多拉的盒子。

啊不，这一回是她的箱子。

这箱子里灾害的种类也不特别多，倒是有噪音给各种蜂拥的灾害压轴殿后。比如警报，比如斥喝，比如咆哮与怒吼，看来像人类妄想以暴易暴的一种镇压手法，以声音覆盖污染、填充虚空、恐吓死亡。

我安静地捧着书在想噪音的事。小镇上的噪音污染十分轻微（尽管对面那教堂的钟声实在不太悦耳），阴云下，秋色中，终日细雨飘摇；活在帝国暮光中的人们相对平和得体，不太能感觉到美式社会的骚动与喧哗。这儿连丧礼都办得静悄悄，几个穿黑礼服戴白手套的男士合力抬起棺柩，以时间大队那样整齐的步伐，走在斜雨纷纷中。我甚至觉得那样的庄重有点赏心悦目，心里还暗暗想过，倘若我死后非得有一个丧礼不可，那如此这般也算一个不错的选择。

以前在报社工作时有个男同事，据说有一回出席基督教的丧礼，之后便主动到教会去，很快接受了这宗教信仰。"因为喜欢那种丧礼的气氛。"——当年听了只觉得不可思议，而今我似乎能感同身受，被一种安静的氛围与人们对待死亡的态度（神色凝重，话语不多，怀抱对"到达天堂"的过度信任，彼此眼神交汇时有一种心照不宣的泰然自若）所触动，像祖辈们自备棺木寿板似的事先选择自己的丧礼款式。

天堂如果像我想象中的天堂，便不该有拥挤的入口，得有足够的空间去成全幽居者该享有的静谧。

仅仅如此，没有事情发生。我在一个轻噪音的小镇，窗外只有风在喋喋不休，它对每一棵落叶乔木耳语，像在念往生咒，哀悼每一张即将凋谢的黄叶。后来它把一些轻盈的落叶卷到空中，仿佛神把被点名的灵魂引向天国。

这书很快读完了，说来还真如美国电影般容易理解和消化，也特别慈悲。在一部谈论死亡的书里，所有能记得住名字的人物都没有死去；倒是在我安静的现实中，每一个人都以不同的姿态出席自己的丧礼。我按照自己的惯例，在书的扉页签上名字、记下日期，风仍然像瀑布似的从陡峭的教堂房顶上涓涓而泻，黄叶扶疏，秋木锈红，两匹相依为命的矮种马在小小的草坪上发出嘶鸣。两个洋娃娃般的金发女童穿着粉色长袜在路上蹦蹦跳跳，时间那庞大的仪仗队面容严肃地越过她们。我的音乐微微泄漏，穿过窗前蜘蛛编织的筛子，融入风中，如轻烟漫入轻烟。

在那遥远的地方

"如果你注定还要走,"她在晚饭吃到一半的时候说,"至少要记住我们今晚的样子。"

——马尔克斯《百年孤独》

亲爱的,下午三点,小镇被雨占领了。

终于被雨占领了。中午以前阳光几度拨开云霭,气焰最盛时,天空几乎把整个夏日赤裸裸地送到我的窗前。它光芒万丈,那么地夺目,我不得已闭上双眼,白日梦迅即从脑中某个小窟窿里滚滚溢出,如厚厚的啤酒泡沫。不就是打了个盹吗?睁开眼时,夏日的独眼已经又布满灰翳,英国又回到帝国的古老和沉郁之中。

我出门到镇上的小超市里买明日早餐要吃的黑莓与红桑子，听到对面的教堂刚敲响了三点的钟声。雨是那时候飘下来的，我打开门，它们斜斜地落到我的球鞋和脚下的门垫上。雨丝有点粗，让我想起钓鱼线，云端上似有亿万根鱼竿在垂钓。

不就是雨吗？因为受到海洋的诅咒，这岛国上的雨几乎无日无之，像赤道上的阳光一样平常。我加了件防水风衣便出门去了。这小镇上，除了老妇以外，一般人很少在这种无声的雨中打伞，于是我便在路上遇见穿尼龙夹克遛狗的男人，一套紧身运动装再加随身听的跑步客，慢悠悠地推着红色手推车、穿橘黄色反光雨衣的邮差小哥。再走下去，小广场那里盛放着许多天竺葵和大岩桐的转角处，有穿上了粉红色胶筒靴的金发小女孩。我们在雨中迎向每一个陌生人，在擦肩而过的前一瞬彼此含笑点头。

下午好。

你好。啊，这雨。

雨愈下愈大了，路上谁也没有加快步伐。大家因为习惯了雨而显得潇洒。我在小超市内多待了一阵，躲雨，便多买了一些没列在购物单上的东西。便当式的杂豆沙拉,两百克装的南瓜子;红黄绿,交通灯似的一包灯笼辣椒,还有低脂香草优格。啊,这些漂亮便捷的食物,以后我离开英国了,肯定要怀念它们的。

因为离别在即,这些天我也闲空,便分外留意着这地方的种种好处。小镇十分优雅,我对它的天气甚少抱怨,毕竟这样的风雨与阴云于我无害,况且我还能用音乐调节心情。再说这儿的夏季多么温和,前些天到伦敦海德公园走了一圈,那里面散步的几乎全是举家前来避暑的中东游客。那时刻也云低风高,天如脏兮兮的灰布幕,落到湖里便皱了,而游人们谁不是一副怡然自得的神色?

旅居这儿的两年里,我写了许多字,也看了不少书,但除了平静,我再没有什么可以炫耀的。亲爱的,你知道我对平静生活的深切憧憬,以致我在拥有它的时候感到那么地疑幻疑真,那平静几乎像幸福一样难以定义,仿佛那里面也应许了悲伤的豁免与孤独的特权。这两年的生活让我觉得自己像是潜入了海中的珊瑚礁区,绚丽、缤纷、无声。我知道自己不属于这里,但每一尾游鱼都泰然自若,对我无动于衷。

这小镇,我从第一眼看见就喜欢它了,也从那一天开始我就想象着以后在这里养老。英国人说是多冷淡疏离,但我确曾在这里开怀笑过。记得初次见面的贩妇在露天市场里奔走追寻,把我遗留在蔬果摊上的钱袋还我。

"天,是你了!"那妇人气喘喘地抓住我的双臂,"你说,你忘了什么?"

我愣了一下,本能地打开挽在手上的购物袋,认真地点算起来:西红柿?在!奇异果?在!胡萝卜?在!芦笋?在!香蕉?在!一二三四五,五四三二一……我万分疑惑,抬起头来看见妇人扬起一个中国风的锦绿色绣花布袋,在晨光中晃啊晃。

我们都笑了。

小镇上没几个黄皮肤的亚裔,我常在路上碰见的只有一个面容严肃的日本妇人,总是低着头用目光追逐自己的脚步。周五晚上的工人俱乐部与"天鹅"小酒馆内,我也喝啤酒,也掷飞镖,也玩撞球,却总是因为高度自觉而以为自己在人群中像一珠水银,其状如水,实质金属,易于流动而难以融入。但我知道那里并没有人在意我所在意的,我自以为是的自我与存在。只有"天鹅"吧台里的匈牙利女孩总是好奇地盯着我看,两年了我们只是朝对方微笑与打量,却从不交谈搭讪,眼角余波的交错使得周围的气氛都暧昧起来,有了青涩的同性恋味道。

这是常情吧？在一个地方待的时间够长了,便不乏可记之事与可忆之人。小镇上美丽的花草、路旁的苹果树、河滩上筑巢的天鹅、一街造型古老的建筑、庭院里偷藏食物的松鼠,以及再也飞不起来了的老鸽子。我大概也不可能忘了经常在街上流连的老人与他那一头忠心耿耿的混种狗。有一天我因为想到如此相依为命的人与狗之间终有一个会先离去,可怎么办呢？愈想愈伤悲,便在路上饮泪走回住处……

室友正巧开门,见我在门外泪流满面。

我自然不会忘记她大惊失色的一幕。

哈哈,没事没事。

我笑着又哭着,以手背拭泪。

如今我要走,忽然对这地方涌起了无限温存的念想。想想还有什么要做而尚未做的呢？便到爱丁堡走了一趟，之后到伦敦，光顾了慕名已久的法国餐馆 The Gavroche，再到皇家剧院看了一场 Trevor Nunn 执导的名剧 *Rosencrantz and Guildenstern Are Dead*（《罗森克兰茨和吉尔登斯特恩已死》）。显赫壮观的苏格兰旷野，米其林二星级的法国晚餐，从莎士比亚那里传承下来的舞台。这英国生活的尾声，如一场大型交响乐般隆重奢华。

以后，这里于我便是生命中一个"遥远的地方"了。我在这风中这雨中徒步，在这总是阳光笑了雨便哭的小镇，最后一次吧，最后一次再去模仿本地人的潇洒。亲爱的，你会问我难道不怕风寒吗？就像我在 The Gavroche 里学着人家举杯喝各种葡萄酒，离开餐馆后没走上几步，我一个人的英伦天地便斗转星移，不得不放弃优雅，扶住栏杆在路旁呕吐。身旁的友人给我递上纸巾，问我这值得吗？

值得吗？这俗世这凡尘，这地方所能应许的最后的荣宠。即使最后把吃进胃里的全吐出来，也还是剥夺不了把食物放进嘴里细嚼慢咽时，味蕾有过的欢腾与惊叹。大脑把舌头的激动传播到各意识层里,那一刻,我几乎感觉到了灵魂的错愕。

所以我擦了擦嘴角,狠狠地点头。

我们都笑了。

逐处

命运会捡起它们。命运总是喜欢在每样物事上涂鸦,给它们画上不同的条码。

——《瓶中书》

离　骚

回来了。

开门,房子用憋了一个月的闷气回应我。

天阴呢。窗台上摊开着一卷微凉的日光。爬上去把窗门推开。没感觉有风,但许多超载的大卡车把一斗一斗的声浪倾入。

房子幽幽地吁了一口气。

我回来了。一番舟车劳顿,需要调整身心。于是把自己折叠好放在瑜伽垫子上。十分工整的架势。盘腿,拈指,眼观鼻鼻观心,平稳吐纳,喉式呼吸,微凉的流光涌入丹田。我什么都有了,但我尚未唤回自己的平静。

总感觉光阴在房子里游走。看不清她的身影,只在眼角的余光处闪现，像嗑药者在跳一个人的华尔兹。我知道的，她正在向我暗示孤独。退下去吧，我有事情要想。

记得奈保尔在《抵达之谜》里写过，在那英国的老庄园里，在他独居的小房子内，有一个晚上他忽然感到呼吸困难，尔后大病一场。就在复原期间，他十分清晰地感知，就那样了，自己已经从中年步入老年。

从中年步入老年，仿佛一夜之间。

一夜之间？太匆忙了。我想到练霓裳，或者瑛姑，一夜白发。那是个怎样的过程呢？夜里突然被病魔掐住脖子，于是一夜都忙着要掰开它的手指。没来得及厘清是梦境或是现实呢，天亮时自己就成了老人。

像这次回老家，母亲有一天忽然告诉我，某日中午她在附近遇上一个陌生的中年男人，那人喊她阿婆。

如同一个多年的诅咒突然破除，母亲愣在那里。然后她骑着自行车回家，路上一直遇见年轻时的自己。姣好甜美的姑娘啊。母亲说这个时一直在笑，笑出眼泪来，声都哽咽了。而我坐在梯阶上，抱膝，仰起脸来注视她黝黑的脸。这让我觉得自己仍然像个孩子，可岁月已经卷起我们在人世走了一圈又一圈。

妈。

我努力微笑。你想怎样呢？你女儿都已经是阿姨了。

真有这样的事啊。甚至不是一夜，就那么一瞬，岁月解除它的封印，撤去障眼法，于是突然有一面镜子映照着你的龙钟老态。可怎么我想象那个骑自行车在路上哭泣的母亲，总觉得她像个对岁月一往情深的女孩？

妈。

没有过去拥抱你，是因为不想抱头痛哭。面对人生和岁月，我们要有自己的风骨。

如果可以选择一个姿势，现在这样很好。盘腿，腰背挺得很直，不动如山。任岁月围绕我唱忘忧的歌跳糜烂的舞。

天色缓缓沉下去，我继续用缄默来呼唤我的平静。

继续想起一些琐碎得记亦可、忘亦无妨的事。譬如我曾经对谁说过要写一篇叫《童年的最后一天》的小小说；譬如《封神榜》里有个情节，写比干受姜子牙的法术保护，剖胸取心后不死，却在回家的路上遇到一个老妇叫卖空心菜。老妇一句"空心菜"便让比干倒地而毙。还有，譬如几个英年早逝的艺人，一株孤伶伶的兰花，Jeff Buckley 唱的 *Hallelujah*；譬如扔在厅里尚未安置的行李。

譬如行李箱里有一本很厚的小说叫《白牙》。书里夹着两张黑白照。母亲在照片里。青春，青春在她的笑颜里。是的，对岁月一往情深的大姑娘。

你好。很高兴认识你。

湛寂时

这两日杂念纷沓，下笔无从。而且阳光自上午便鲁莽闯入，如阿波罗策骑到人间掳掠，房子里光猛得令人感到暴露。没辙，音乐点燃了一支又一支，现在听的是王月明。青海青，敕勒川，古道西风玉门关。风滚草，在天涯，大漠孤烟；瘦马出塞，明月出天山。

新世纪音乐是我一直喜欢的。古今糅合中西合璧，斩崩刀摔破碗敲竹杠，天地风雷尽收囊中。那精神自由得很，再不是古调虽自爱，今人多不弹。说到这"弹"字，我便想起元宵晚上去逛灯会，因人如潮涌，便随波逐流地挤到一店内。遇筝数台，我随手拨了个轮音，店里迟缓流动中的人们有不少都抬头注视。像看外星人。会弹古筝的外星人。

可惜我的琴技粗浅得很，要不那场合真该转转双肩松松十指，秀一曲《将军令》或《春江花月夜》。可那轮音已足以让同行的友人双眼圆睁，作万分诧异状，说我是他的朋友中唯一懂得"玩"民族乐器的一个。哦，这"玩"字叫人愧，不敢当不敢当。学筝不满一年，而且还是很久远以前的事，如今恐怕连一首儿歌也奏不全了。倘若遇上的是一把二胡，也许我会更自信一些，也可以更卖弄一点。遗憾啊，竟是筝。便唯有点到即止。

二胡，老家搁着一把。我对它的好感远胜于筝。一是因为轻便，二是因为其声嘶哑粗砺，有江湖味道。当年是两种乐器一起学的，后弃筝专致习二胡，似乎多学了个一年半载。其实我心底最钟情的或许是笛，因其形更轻巧，不必调弦收弓，非但便于携带，而且那一管细竹被赋予君子神形，气质高雅，音悠远清亮，比之二胡，显然要出尘些。年少时我多么向往当个游侠，野游为主行侠为副，携一根横笛或洞箫游走于云烟与川岳之间。却不知什么时候开始，又觉得一管长笛让侠客的形象变得矫揉造作，而这么矫饰的侠客啊，武功必然好不到哪里去。还是《魔戒》里的人王阿拉贡好些吧,他要能奏乐,用的也许是一片叶子。

忘了说筝。不想说筝。只想到无数仕女图中那些弹琴者个个焚香对月,窗外开着碗口大、式样繁复的重瓣花。想到唐诗写"鸣筝金粟柱,素手玉房前",再想到"欲得周郎顾,时时误拂弦"。那些个小女儿家心事,唉。射手座女子自然不憧憬这个,于是当日便头也不回地弃筝而去。我达达的马蹄是美丽的错误。我不是归人,是过客。

气魄不够,没学笛;性格不合,弃学筝。本以为此后就能与二胡长相厮守了,没想到终于还是要割舍。毕竟天赋不过尔尔,而人生苦短,要经过成长和不断历练以后,才认清自己需要更大的专注去完成这蜉蝣般的人生。为免一事无成,遂不敢再当八臂哪吒,也不敢再逞那十八般武艺的强。许多兴趣与爱好,假臂一样,被逐一卸下。这些年惟诚心写字,用功吃饭,努力生活而已。也从那时起,音乐再浩浩荡荡也不过如风灌耳,再与手指无关。

专注却是件美事。就像我也会说素食十分美好,或素描令人醉心一样,许多看似简朴单调的物事,都能因为专注,因甘于细嚼慢咽而发掘出真正的滋味来。生活也必当如此吧。像我每日傍晚练一个小时的瑜伽，也开着淙淙禅音，在各种动作中独力承担自己；听到筋骨嘎嘞嘎嘞地响，很内在，既远且近。这些微细的声音有一日让我明白，那许多看似扭曲的肢体动作，其实是更高层次的伸展。

我的瑜伽音乐，最后一曲是宫田耕八郎的尺八独奏。尺八是日本长笛，全曲再无其他声音。那时候练习已进入最后的摊尸式，灵与肉都得全然放松。据说可配合练习，冥想自己躺在原野上，或宁静的沙滩。我却总是不期然幻想自己于黑夜里平躺在广阔的沙漠中，月光与风沙将这躯干一寸一寸地掩埋。因此想象总是以一片漆黑终结，画面无以为继，只有尺八的声音渗入沙地，悠悠注入耳蜗。

那样的黑暗中，我专注于清空与寂灭，似乎再没什么可以想象了。真要想，顶多去想一些字幕。

魔　镜

有感冒的迹象。我没多做什么，只给自己弄了一杯蜂蜜水。一定有用的，因为没听说蜜蜂会感冒，也没看过它们打喷嚏擤鼻子。然后我花了半天时间坐在电脑前发呆，耐心地等待好转。

想起你问，发呆的时候是不是双眼无神，精神恍惚。

想起我答，发呆的时候一般不照镜子。

想起镜子，想起那一句"Mirror mirror on the wall, who's the fairest of them all？"小时候读的童话书是这么译的——魔镜魔镜，告诉我这世上谁最美丽？

想起你问，是不是童年时就爱胡思乱想。

想起其时我心里怀疑，难道你童年时就不胡思乱想？

想起年幼时我们这样追问："为什么A会是A？""因为B所以A是A。""为什么B就会使得A是A呢？""因为C啊，所以B就会使A是A了。"

"……那，为什么C就会让B造成A是A？"

"……"

想起打从何时开始，要有多大年纪和多少的人生阅历，我们终于镇压住心里那根多疑的神经，才按捺得住发问的冲动。虽总是不明其义，或其实似懂非懂，却很无为地接受了A和B和C之间的必然关系。不争了，因那都是些虽不解却不争的"事实"。夫为不争，天下莫能与之争。

可小时候我是那样疑惑，魔镜凭什么裁决哪个女人最美丽？看看插图里的人物，那后母的姿色，怎么看都不像仅仅排名在白雪公主之后。迪士尼的卡通里，白雪公主有点婴儿肥，圆滚滚的脸，稚气未褪，说话娇声嗲气，明明是个女童。聪明的后母为什么要听信魔镜呢？就像长大以后我仍然会问，为什么会是上帝？为什么不要问只要信？

也许根本没有魔镜，也许魔镜不是个实物，魔镜在心里。魔由心生。菩提本无树，明镜亦非台。可怜的王后一

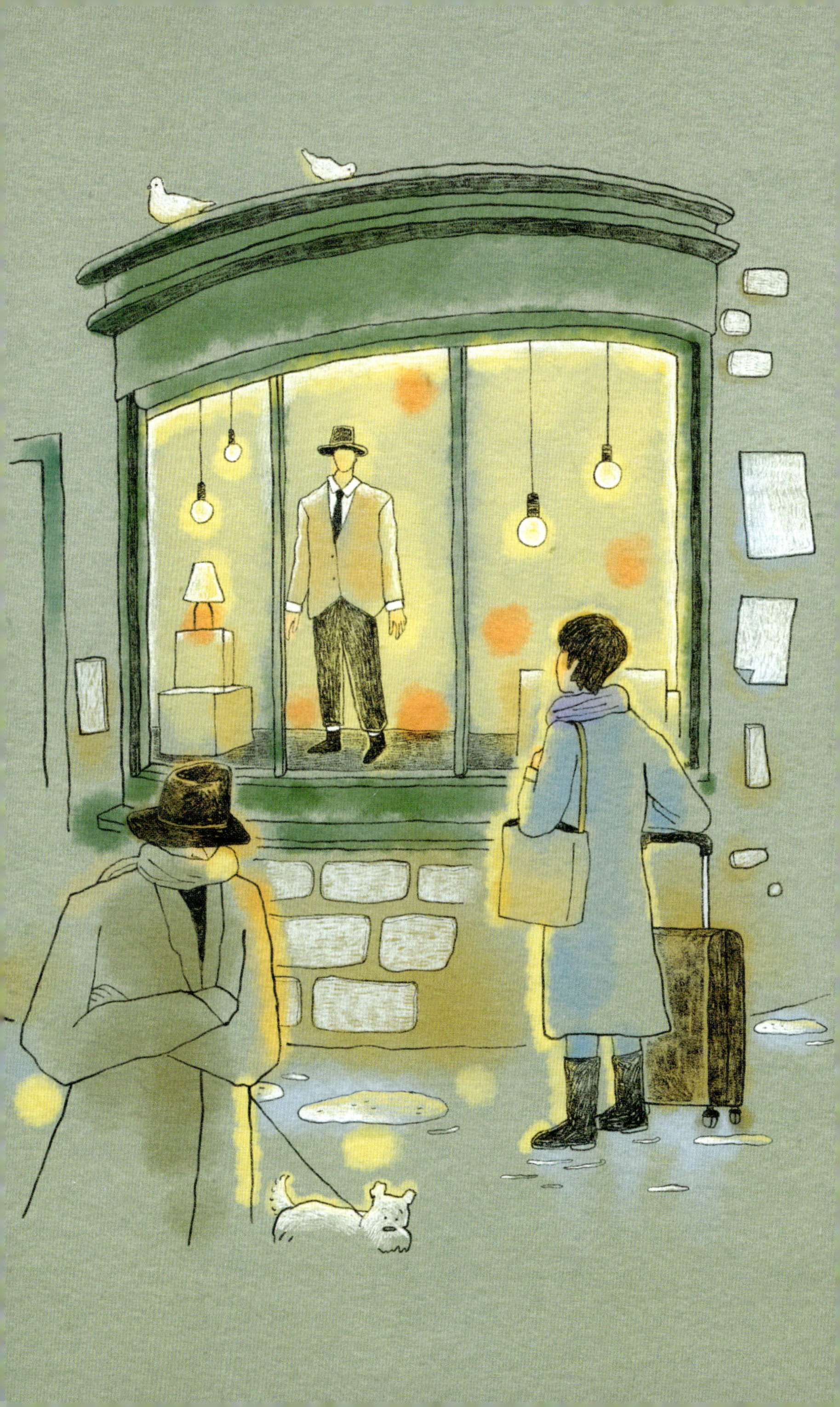

定是美女当太久了，习惯了三千宠爱集一身。以后眼睁睁看着自己的青春和美貌被岁月压榨了去。那时候没有拉皮技术，没有羊胎素，也没有肉毒杆菌。正惶恐中，身边的小女孩却日渐长大。美与不美还难说，可皮肤那么好，冰肌玉骨肤色胜雪，阳光下几乎是半透明的人儿。多刺眼啊，无时无刻不提醒她韶华已逝。怎不叫人坐立难安呢？可怜的王后。

想起电视上那些年华老去的女伶，在护肤品广告上用了大量的电脑技术。很 Photoshop 的效果。她们对镜头笑着说，没了雀斑和皱纹，滑嫩嫩的，肌肤像剥了壳的鸡蛋。

也许没有魔镜。魔镜是一个守城的侍卫，也可能是一个宫女，再加一个老裁缝。他们说，白雪啊你是我见过的最美丽可爱的公主。没有魔镜，魔镜就是白雪的丽质与青春；魔镜是岁月；魔镜是自然界的定律。

真巧，王后的凶器是一只红苹果。想起《创世记》里的亚当，被夏娃诱他吃了禁果，那卡在喉间的，不就叫"亚当的苹果"么？也许连分辨善恶树都是不存在的，菩提本无树，只因为上帝说了有，那苹果便结在阿当与夏娃的心里。或者王后也不真的修过巫术，懂得炼果。惟魔障既生，杀机便起，豁出去的女人无所不用其极。而这一切无非是自欺欺人而已，阻止了白雪公主的成长与娉婷，并不意味着也能阻挠自身的老去。她终究无法使青春多留一阵。两鬓的白发，眼角的鱼尾纹，世故、沧桑。没有魔镜，魔镜是王后夜间分裂出来的人格，就像我们这些信徒们动不动把撒旦视作罪魁。

而我甚至怀疑，会不会呢，也许王后从未毒害公主。她要真想杀这女孩，何必费大周章炼制红苹果？一剑捅入她雪白的胸膛便成了，或许还有余裕在公主圆润的脸上雕一个龟或"井"符号，不给她留任何翻生的余地。而她只给女孩一个红苹果的诅咒，况且这诅咒十分儿戏，似乎随便一个王子的吻就能解除——似乎她只求有人把白雪娶了去，带走，远离王宫与此城，以后不再出现。会不会呢，白雪之死，由始至终只是王后独坐镜前的狂想？

就那样吧。很多被你判作胡思乱想的，我都把它称之为思考，尽管它也许看来状似发呆。而不论是思考或发呆，两者在进行时，我们一般都不照镜子。

味觉成都

在成都天天吃红油。麻辣火锅慕名已久，来了才知道这火锅和我们那里的是两回事，根本无所谓汤底，满满一锅都是油，色泽艳艳，红着。我想起我们那里说不汤不水，是说事情做得两头不到位；这里的火锅却叫我觉得如火如荼。那红油的透明度，我看进去，如注视炼狱中煮人的油锅，吃得好忐忑，咽下去一肚子的罪恶感。

四川的饮食于我有很大的文化冲突，过去几年我吃得极简极淡，尤其是蜗居木屋的岁月里，对吃更是无欲无求，往往是一把青蔬往开水里略烫，加点酱油橄榄油便可作一餐，饮食可谓简陋。肠胃如此清修，一年半下来，已快要不食人间烟火，对荤对油都生抗体，特别忍受不了油腻的食物，从此煎炸之物再引不起食欲（再见了肯德基，再见了天妇罗）；尤其甚者，经过夜市里卖油炸小食的摊子，胃囊会微微抽搐，快走吧，再不走这胃便要不吐不快地磨难人。

可成都却是这么个地方，十步一家火锅店，路过者都要被店里溢出的油香热情拥抱一番。那油香有股辛辣味儿，照头照脸，站久了真觉得身体发肤都沾香不少，自觉像是从红油锅里逃生的泥鳅或青蛙，身上总透着油味辛香味。这跟老家那些印度餐馆很相似。那些店里的印度煎饼现做现卖，煎饼用牛油，面团翻来覆去，油烟上穷碧落下黄泉，店里的人和物无一幸免，都得沾染那牛油的浓情厚意。

川菜偏麻重辣，这我是不怕的。到底是用朝天椒拌饭培训出来的南洋行者，酸也好辣也好，舌头味蕾无惧世间一切暴戾；倒是怕甜怕腻，甜是百味中的谗言，腻是芙蓉帐里的春宵，都牵牵绊绊，总要在舌床上缱绻很久。可看川肴无油不成无辣不欢，红油花椒辣子与盐巴都大鸣大放，用得好不挥霍，不由得为川厨那股蛮劲皱眉了。而我特别生那红油的气，朋友说这家毛肚好那家黄喉卖得驰名，还有牛肉泥鳅和青蛙，端出来了都泡在红当当的一锅油里，好像不那样做便会辜负好食材，这真有点偏执呢。

因着那辣与油的情意结，川菜的色相一般偏红，肉辣菜辣豆腐辣。红为预警之色。朋友带我去尝串串香，便是把串在竹签上的所有荤、素、鲜全往红油里投身，油深火热，拿起来后有人再往另一碗被称为蘸料的油里二度沐浴，也可以蘸干料（捣碎的干辣椒和花生仁等物），自焚似的把食物往嘴巴里送。向我荐食的友人看来好此道，可他承认也有肠胃受不了闹革命的时候。至于我，显然舌头要比肠胃好商量些；把关的轻易放行，负责消化和吸收的脏腑却未必妥协，于是这些天胃痛频仍，自觉犹如自残，真造孽。

记得第一次吃麻辣火锅，是十一年前在台湾。请客的人点了个中辣锅，我后来只知其麻而不知其辣，但记得那锅里的汤红则红矣，却远不如成都所见的油层那样厚，或至少，当时锅里的油香并不黏人附体。我知道这要说出来了，成都朋友们肯定要嗤之以鼻，说那不正宗。我自己并不在意这个，饕餮的是美味而已，怎么还得替食物讲究起血统来。再说，我以为天下佳肴在成为"正宗"之前，一直都在调整和改良的演化中，倒是套上了"正宗"这长得很像王冠的金箍以后，从此有了血缘，遂被镇在五指山下动弹不得。（想起北方友人对我强调：北方人做的饺子才是最正宗的。嗯，朋友，我爱吃的是好吃的饺子，而已。）

在成都待了不久，尝过的当地食物并不算少。像兔头、鸭唇、青蛙这些"稀奇古怪的"食物，我都一一尝过。至于黄喉、毛肚、鸡肫、鸭心、鸭肠这些内脏，甚至猪红，这些天被我吃进肚子里的，大概已超出我过去三十余年所吃的总和（吃的时候，我每夹一箸，心里便惨呼一声，脂肪啊脂肪，胆固醇啊胆固醇）。

朋友多日来招呼我吃香喝辣，之后兴致勃勃，要我选出心目中的此行三绝。我什么都不好说，但我自然会记得朋友的父亲殷勤做的饺子；记得洛带古镇那里有家生意很好的客家店，面皮汤和熏鸭都做得很不错；怀远古镇的叶儿粑要是不那么油腻，我肯定会吃得更快乐些；卖龙头小吃的流动摊贩把山楂、砂糖、干葡萄和花生碎撒在糨糊那样的藕粉上，做法简单味道却很了不起。啊，还有，天黑了才开始在街角做生意的烧烤也挺不赖。

我也不明白为什么自己记起的是这些,而不是那些早已远近驰名的川食。也许是因为我想念的是吃这些东西时的情景和氛围;喜欢夏夜里站在街角吃一碗甜甜的藕粉,再拿着一把羊肉串牛肉串黄喉串木耳串鸡胗串,边吃边走边说边笑……在回去的路上。

越境速写

一

就像在离开每一座异乡城市前，我都会去寻找邮局一样，我已经习惯了，先在这些陌生城市里寻找美术馆。

感觉就像在进入每一座豪门宅院后，直接去淘主人的珍藏。

在纽约，我去的是古根海姆博物馆，然后赶在天黑前步行到大都会美术馆。前者主要是展出展馆的建筑物本身（无"厅堂"的螺旋式展览墙，如被拔起的卷宗），再加抽象派大师康定斯基毕生的作品无数。

大都会美术馆那里有个短期的日本武士艺术展，而吸引我的，还有几幅梵高的作品，莫奈，以及埃德加·德加笔下的女人。

我想，就像在无明处追求光一样，这些建在城市中的美术馆，会让我这初来乍到者，在一种不太实在的存在意识中得到十分私密的安全感。每次看到过去曾经在画册上看过的名作，总会有一种"终于被我逮着了"的亲切感。即便是面目被毕加索 lego 得奇形怪状的女人，或是康定斯基那既像数学题，又像一堆摔开的零件似的几何与线条，每每看到眼熟的，我不禁错觉自己是个秘密的洞悉者，一个真相的持有者，又像一场捉迷藏游戏的旁观者，那样地行经千山万水，又穿越了时光隧道，在漂浮中茫茫里遇上一些似曾相识的面孔。

原来你在这儿。

于是我会站在那些画前，笑得像卢浮宫中的蒙娜丽莎。仿佛早已预知百年后每一个前来相遇的人。

二

他们说要感知纽约，还是得去听听音乐。

于是我在周六晚上到百老汇看了一场音乐剧。《狮子王》。迪士尼原创，老少咸宜，自然比不得巴黎红磨坊的表演般犬马声色。而周日晚餐后我挤到 Blue Note 里听爵士乐。这餐馆号称"爵士之都"，坐落在 Greenwich Village（格林尼治村），那是纽约的心脏位置，音乐成了这城市的心跳。

我自然觉得纽约的心脏有点拥挤。人们不得不与来自世界各地的陌生人挤在小小的餐桌上用膳，以至于我有点不好意思不把整瓶的白葡萄酒分一些到旁人的杯里，锯牛排时还得小心翼翼，不让手肘碰撞到身边那俄国妇人丰满的胸部。那是一种叫我难以适应的局促，每个人只能分得那么小的空间，小得来不及私密，小得连眼神的交流都会被拦截，小得那些瘦削的侍应生要像杂技演员似的，把堆叠得老高的大托盘扛于肩膀，穿行在只有他们才看得见的狭道上。

Sophie Milman 是那天晚上的歌者。其他的，还有一台钢琴，一把大提琴，一支萨克斯风，一套鼓。这些都挤逼在小小的台上，音乐听来很随性，第一首歌就是 *Take*

Love Easy。好音乐如酒，能让人暂且忘记环境的困窘。况且歌台虽小，每一个演出者却都能分配得自己的空间。歌者适时礼让，钢琴与萨克斯风锋芒毕露，而大提琴淡定，鼓声从容，演奏者的风采一点不比歌者逊色。

这样的音乐确实符合我所想象的纽约。现实空间狭窄，但梦宽广而巨大，有足够的土地分配给每一个怀抱理想的人。于是人们从世界各地聚集到这里来，就像在华盛顿时，我和其他四人挤上一辆出租车。因路途无聊，大家自报来处，才知道有马来西亚、黎巴嫩、肯尼亚、爱尔兰，加上从埃及（有时候会是印度或墨西哥）来的司机，谁也没到过谁的国家，而天大地大，我们像从五洲七洋捞上来的沙丁鱼，被塞进一个罐头里。

那一刻，我因为察觉地球很小，居然微微感动。

Blue Note 的第一场演出未到十点便结束了。然后他们说，去听纽约人听的音乐。于是我们把双手塞入大衣口袋里，迎着有酒精味的寒风走到附近的 Café Wha。这名字让我觉得有哗众取宠的味道，而里面的格调也像这名字一样：凹凸不平的砖墙，略为粗糙的黑人与拉美曲风，鼓手坐的地方挂满了瓶瓶罐罐和木鱼状的小乐器,这让头上披了许多小辫子的演奏者看起来邪门歪道,像个求雨的巫师。

那里相当吵闹,适宜喝啤酒,不适宜举高脚杯。而我忽然感到困倦,午夜离开之前,我一直都在集中意志力,紧盯着那黑人鼓手用他的各种小道具呼风唤雨。

三

显然,我深受电影荼毒。譬如乘船去埃利斯岛时看见自由女神像,我脑中突然浮起 *The Legend of 1900*(《海上钢琴师》)中欧洲移民们挤在甲板上的画面,并且有强烈的冲动想要举起手指着女神像,用意大利口音高喊"A-me-ri-ca!"

电影里的海上钢琴师说,每一趟船上都会有这么一个人,一个发现者。

而我站在林肯纪念馆前,想到的是军装笔挺的 Forrest Gump。白宫和国会大厦会让我想起灾难片。其他的美国符号,譬如到处飘扬着的花旗,以及总有一间在附近的星巴克，都会让我对这个国家不至于感到太过生分。

  我并不怎么抗拒这些会寄生在记忆里的文化符号。事实上，在国家广场与史密森尼美国艺术博物馆游荡时，除了人，我也遇上许多不畏人的松鼠、鸽子与水鸟。这些生灵在一个城市中与人类共享存在的空间，让我对华盛顿充满好感。我想符号化本来就是其中一种记忆的方式，就像我明明已逐渐忘记人们的长相和名字，却会在听见 Chef 这个词时，不由得"想起了"给我煮过意大利面拼盘的厨师，或是在听说流星雨时，总会在心里祈祷，温柔地祝福那远在哥斯达黎加的医生。这些符号的作用是标签一串事情、一些人、一段岁月或经历。随着时间那流线型的风化，我也许会遗忘大部分细节，却必不至于忘记标签本身，以及它背后的故事与刻痕。

  就像看见坚果，我便会想起松鼠和英国。

四

  现在我能记得的就是这些了。如果还有其他值得被记取的，大概已被我偷偷写了在明信片背后，如今正在迢迢千里的寄送路上。其中或有遗漏，但就像我昨天才在给友人的回信中写的，随风的就随风吧，消融的就消融。世上大多事情都如此，只能如细雨般落入尘土而无声。

一月的河

我在这里。我在一月的河流。南纬22度54分,西经43度14分。这么说就觉得你须要用人造卫星来搜寻我。就觉得你如果用Google earth,把地球放在显微镜下,随着焦距的调整,或许你就能在一条瘦河畔的草棚底下发现正抬起头来等待你的目光的我。

冬季的里约热内卢阳光充沛,雨也下得很慷慨。那些我在赤道上见过的许多植物,比如棕榈、苏铁、朱槿、九重葛、红芋叶与无数蕨类,在这里都因营养过剩而长得形态懒散,有点饱食终日无所事事的意思。河岸的树上每天有许多小得像精灵一样的猴子在纵跃奔窜,它们面无表情,如同森林中的巫族,每一只看起来都像戴了个画在指甲上的脸谱。

我看过这些猴子傍晚时沿着电线杆上的电缆攀行，如同忍者一样悄悄潜入人类文明之中。它们不像我在英国郊区的院子里看到的那些捧着坚果在打听消息的松鼠，它们并不友善，且行走无声，目光沉沉，安静得像是正在让自己消失。

好几次我站在树下与它们对视，都想起《幽灵公主》里那些通体半透明，头颅转动时会发出计时器运转之声的森林精灵。嘀嘀嘀，嘀嘀嘀；顺时针，逆时针；正计时，倒计时。

我把博尔赫斯也带来了。坐在这里读拉丁美洲作家，矫情但应景，就像女人到了这里的海滩就该穿比基尼。对我来说，这里确实充满异域风情。年轻人大多健美而野性，穿得很少，吃得很多，肉食。眉梢眼角多有豹子般猫科动物的气质，凶猛而妖娆。

看到了吗？我在这里，巴西利亚时区，GMT-03:00。这么说就觉得你应该以逆时针方向转动你的地球仪。当你在今夜的梦里收拾我留在窗台上的残影，我还在你的昨日，乘坐直升机盘旋在科尔科瓦多山的耶稣像头上。真恼人，即便高于这世上最巨大的耶稣像也依然离天堂很远，并且自觉如一只苍蝇，担心会被耶稣挥掌击毙。

观光常常是行旅中最无趣的事，这时候我最需要一副墨镜去掩饰自己的心不在焉。当人们在那巍峨的耶稣像下模仿神子的动作，纷纷对人世敞开怀抱，我想到的是来时路上遇到的一只匍匐而行的树懒，还有街上那些随处可见的涂鸦。这是一个精力旺盛的城市，路上有许多穿着人字拖的男男女女，好像大家都准备好了随时可以到海边狂欢。耶稣住在山上，举头三尺有神明；富人区背后有贫民窟，住宅旁边有河流、猴子与野猪。你也许会听到枪声，却不会知道中伏的是一头野猪抑或是一个毒枭。

来了一周，下榻的地方临河。那河流水色混浊，两岸各有一排半身泡在水里的树。它们枝繁叶茂，彼此勾肩搭背，像一群在河中泡澡不愿起来的卷发小伙子。这条瘦河十分安静，七月的风在水面航行，冬季把手伸入水里，拨弄它，以致那水看来冷而神秘，有时候会让我怀疑水里藏了巨蟒。

不管怎么说，这里是魔幻现实的发源地。我在这里便不免心不在焉，终日耽于奇思异想。只要想到在这么狂野而好逸恶劳的美洲大陆，西班牙语和葡萄牙语又那样地翘舌拗口，吵吵闹闹，马尔克斯竟然写了一本叫《百年孤独》的书，就会加深我对这地方的好奇与向往。当然还有博尔赫斯。他在谈话录中说了好些让我印象深刻的话。其中有一句他是这么说的：我们都活在时间里。

说得多自然，像是在说"我们都活在空气里"。

都说了这么久，还没找到吗？在这儿呢。在漂流的时间里，在静止的空气中，在六十多亿人口群居的行星上。我正捧着一个椰子，在享用我杯水车薪的寂静。

字 冢

我想起来了。那个长假，炎炎的日头下，每周有六日吧，我得徒步南行，到离住家不算太远的印刷铺里打工。铺子很窄小，像个小作坊，以致我迟疑着该不该把它称作"印刷厂"。那是一间老式双层店屋，格局狭长，楼上似有别的租户，有独立的旁门出入。楼下的空间被两台硕大笨重的印刷机器占用了大半，余者堆满了成摞成沓的纸张与印刷品——部分半成品，部分已包装好等待送出去，部分已经被废弃。那些未被可观物质填充的空间，则洋溢着油墨的苦香与纸品受潮后散发的霉味。

那时我约莫十五、六岁吧？年底七周的学校长假，我每天穿着凉鞋行路去上工。有时候去得太早，店闸门只掀开一半。我矮身钻进去，径自到小小的办公间里向老板报到。那里面坐着个老人家，有时候会是他的女儿，是个中年妇人了，我从未晓得谁才是真正掌权管事的头家。

他们每天早上给我分配当天的工作，性质变化不大，装订、打包、给机器装纸……更多时候会让我到后头的字房里"拣字"。那时候还用着铅版印刷，每天总有一堆用过后被扔到篓子里的铅字，如累累战骨，等待回到各自的归属。后来熟练了，功夫升级，还得按指示将架子上的铅字挑拣出来做清样。我意识到铺里所有工人都厌恶这活儿，因此我这干不了别的事儿的新进杂工来得正好。我自己却是心中暗喜的，那是我最喜欢的差事——有自己的工作间，幽黄灯泡的昏照下与满室铅字为伍，待久了便有一种在陵墓中考古的味道。

现在回想，那字房就在店尾一隅，邻着厕所，两室门外有个小面积空间，凌乱地堆放着许多陈年杂物。别人也许都把那里当活死人墓，潮味总是从旧货和弃物堆里透出来。字房里则铅粒铺天盖地，像文物，又密密麻麻如历史的复眼；都冷森森，似在对谁逼供。可那逼仄的斗室却成了我一个人的太虚,说起来那也是我"实质上"与文字结缘的地方,就像那里有一宕不为人知的轻舟,可让我在时光中逆溯,荡入仓颉墓中。

我左手抓住一把铅字,右手拣着一颗,食指尖轻轻摩挲和感应那上面的凸体,辨识它们的形象、字形与字号。那样地专心致志,那样地神不守舍,待一整个上午甚至一整日也不怕会有人探头进来干扰。

这世上就该有那样的地方,空寂玄奥,包罗万象。即便只得小小一个角落,也足够造就与成全某些人的内向、自闭、孤僻,以及他们可能有的缥缈的幻想,或伟大的沉思。如今我知道该为彼时有那样一个堆满文字的小房间而感恩,正如一座鸿博的阿根廷国家图书馆与深邃的博尔赫斯如天作之合,我想那小小的字房与我也十分匹配。我喜欢那里面的每一颗铅字,它们沉甸甸的重量,它们留在我手上的炭色粉末,那些阳文印雕般的凸体,更重要的是它们所暗示的种种可能:一张传单,一束喜帖,一本书。

而今我看见了,当初那女孩因不能抽离而未能意会的景象——我站在一座晦暝的字冢内,灯下的侧影如宣纸上的一摊泼墨；女孩像个牧人，让迷失了的铅字逐一归位。这世上所有尚未成其书的书都在我的指间，像无数成熟的精魂在轮候属于它们的肉身。那字冢里无所不有，每一个文字都远比一座图书馆浩瀚，它们加起来也隐含了上苍记录造物的所有卷宗。我的掌心，有一个渐渐生成的宇宙。

奇怪的是，这图景几乎没有在我的脑中留下任何印象。也许短短数周的经验实在太依稀，也可能堆满杂事与光阴弃物的记忆层将它藏得太深，当然更有可能的是我年少时蒙昧，只能自觉欢喜，未能伸长思想的触爪。

那一年长假结束以前，我辞了工，很可能最后一日仍然窝在字房里，下班前两手全被铅字染黑。我用那一双手小心翼翼地接过老板结算出来的工酬，钞票上散发着唯钞票独有的汗水味，像是狐臭，一整间铺子的油墨味都遮掩不了。

在印刷铺一月半，印象中并未见过他们接印真正意义上的"书本"，充其量不过一些宣传用的广告小册，更多的是那时节赶印的挂历、折式包装盒，以及好几批红彤彤的、上面印着龙凤抢珠图的囍帖。老板是个老派的小商人，最终七除八扣后付我的工资是夹着几个硬币的,一个子儿不少。他甚至没让我拿走过一个以风景画或明星照作背景、上面的小方格详细印着两行跑马图的劣质月份牌。字房外面放杂物的地方倒是堆着不少往年的挂历,年年月月,像是过期前没来得及花费,只得心虚地掩藏起来的旧时光。我确曾不屑于老板的小气,可自己也不真清高,临走时还是偷偷把几枚铅字放进裤袋里。

我记得回家后我曾向两个妹妹展示过那些铅字。摊开手掌,它们像僵死了的昆虫卧尸于我掌中。因我不善收藏,也因为根本没放在心上,那些被抽离字房与印刷铺后马上失去生命的铅字,遂成了几枚毫无存在价值的铅粒,自然如同我的其他零碎玩物,不久便失落在岁月的罅隙中。

至于那满满停泊着铅字与精魂的小房间,也很快淡出我的记忆。

那家印刷铺如今肯定已经不在了。每次我回老家,仍然常有机会开着车从那条街上经过。两排老店屋还守在原处,其中许多已经翻新过经营着别的生意。可因为丝毫没留下"曾经有过一家印刷铺"的痕迹,以致那一小段经验也几乎从我的意识中连根拔去。若不是前些日穿进老家旧街场的巷弄，经过一家制作名片和胶印的老店窗前，瞥见了桌上放着的小盒子里装着好些铅字粒，想来我不可能在茫茫荡漾着的浩渺时日中打捞起这遗失经年的吉光片羽，以及那一座漂流已远的字冢。

我一眼把它们认出来了。那些铅字，依然像是钻出了时间厚土，从千年以前爬到这时代这桌上来的昆虫，或仅仅只是些标本作用的尸壳。身边的友人问我何以晓得。我微微一愣，回过头看他。有点背光呢，店铺楼上蕨影飕飕，小巷上空的阳光被风摇得沙沙作响。

那一瞬，我看见一盏昏黄的孤灯，幽蔽的斗室，铅字上的眼睛如满天星子朝我幽幽凝视。我终于想起来了。

你不是别人

当我把所有的习惯逐渐养成以后,生活便逐渐等于所有习惯的串连。

※

傍晚时分,生活中的这个时刻。我指的是生活里许多习性在同时进行,其中一些忽然被卡住了的时候;当我迟疑着是否该为绿茶续杯的短暂瞬间,以及在初次打开一本七百多页厚的文集之前,为着我的错愕,世界像电源短路似的,突然跳闸,接不上供给它能量的时间。

但生活还维持着它的进行时。窗外的雨丝一鞭一鞭划下,在玻璃上留下指甲刮过似的痕迹。别的还有什么呢? 我其实也正凝神辨别着外面走道上乒乒乓乓的一串声响——挡风门被人粗暴地撞开，隔壁人家的电子门铃紧接着幽幽响起，像是被电话听筒筛过的声音，听着遥不可及。

隔着两重门，有人在外头；在第二重门与挡风门之间的五角形空间里，嘟嘟哝哝，像是在压沉嗓子说话。

因着阻阂，忍不住想象这蜂巢似的空间结构，老感觉一切很不真实。

并非因这像是个幻境，反而是它太过真实，每一寸空间都满满地填充了丰富的细节，每一个细节本身也都纤毫毕露，真实性无可反驳，倒是反衬出我的空无，以致我没有太大的把握去相信自身的存在是一件实在的事。

幸好只在刹那之间。我是说，当我感受到"世界"的细节如迅速长起的藤蔓，密密麻麻地爬满了我所处的时空外部。或者我该说：我杯中无茶，手中的书与书中的世界尚未向我敞开，其实就那么一眨眼的工夫。我警醒地翻开书，世界的这一扇门打开了，另一扇门便自动合上。

我已经懂得了生活中的这些小陷阱，毕竟没有谁的生活可以真的十分平顺。这里那里，必然会遇上绊人的皱褶或坑人的裂隙。我因为内向善感，耽于冥想，容易被虚空吸引。也许虚空本身有深邃和秘密的意味，那于我便是巨大的磁场，暗示着无穷的探索与发现，或许也诱以逃离和寻觅，是一个挂着无形之饵的鱼钩。真实中我从小已为井穴洞窟、隧道与镜子等所隐喻的延伸之境着迷，甚至是一扇陌生的门吧，对我（而不是别人）总是有着某种神秘的力量，仿佛人群中唯独我听到了门后面回荡着的召唤。

就像在这世上，只有女孩爱丽丝看见那揣着怀表的白兔。

我知道这事的危险，它是我生活中不易察觉的流沙，一旦失足便不由自主，只有愈陷愈深。所谓危险，倒不在于那虚空所包含的无垠，而在于我自己的浅薄和怯懦。我以为世上难得几个大智慧者，有这能力和勇气去直视生存的虚无并与之对质。那种"我是谁？"式的提问，我怀疑答案很可能就是问题本身，它不像洋葱那样，只消一层一层剥开就必能触及核心，而是一条幽暗无明，途无穷尽的漫长甬道。那是魔鬼抛给天才们的魔方，而我平庸，隐隐知其奥妙浩繁，却明知无力拆解；光是注视它便已感到了马上要被吞没的危机。

于是我后退，别过脸，翻开书；推开世界的另一扇门，让这一扇门关上，遮蔽里头那凶猛搅动着的漩涡。

但我明白它总是在那里的。每当我的肉身静止，灵魂孤寂，便能听到它在生活的小裂缝里，像一伞无限大的水母绽放它那发光的、充满引力的静谧。许多年了，我已经练成一种自觉去抵御它无声的呼唤，我对它说，我走了，世界在另一边等我。

此刻吧，卡夫卡在世界的另一边。我的书桌上还有博尔赫斯、村上春树、纳博科夫、贾平凹、乔伊斯、大江健三郎、芥川龙之介、库切、卡尔维诺、詹宏志、周作人、韩少功……还有不久前从上海文庙书市淘回来的《一千零一夜》三卷与《牡丹亭》。这让我想起老家的一位故人，说她在心绪不宁的失眠夜里总会爬起床来读我的书。就我的书吗？听着多么孤单，仿佛飘浮在浩渺宇宙中只看得见一根稻草。

这友人我知之甚深，明白她要的不真的是一本书，而是因我这个人的存在而象征着的冀望，或者幻梦。我知道这世上再微不足道的人，也有可能在个别人的心里举足轻重，甚至成为一个符号、图腾，或神龛上一个空着的位置。我和她相识三十三年了，这几年交情未淡，仍旧相互关怀，然而话题渐稀，聚首时各自眼光斜睨，似乎横在中间的桌子是一幅世界地图。我们虽不说破，却由于空间距离的拉近而更清晰地意识到人生意义上的"远"。就像在电梯箱内独处的两个人，因为十分靠近而分外感觉陌生。

是我话少了，怕开口便是老生常谈，或勾起那发泄了大半辈子仍淤积着的怨嗟。朋友喜欢听我述说远方的事，深夜里她梦回醒来，坐在床上翻破我的散文集，似是相信那里面深埋着箴言和真理，能让她从那梦一般虚空而凌乱的现实困厄中超脱。我晓得她要找的是"一个人生活"的种种诀窍，譬如驯服孤独、排遣寂寞，与自己的影子对弈。在这些之下，她渴望的是脱去那成茧成蛹后一直挣不破的"自己"；摆脱一直积累着自怜、忧伤、愤懑和焦虑，变成自己想象中的人。

我知道在这一切之下，她真正需要却不敢说出口的，是爱与被爱的能力。

爱自己，被自己所爱；爱别人，为别人所爱。

此刻我想送上一首诗。我对这老朋友再没有更具实质的话想说，然而当我的生命和生活不偏不倚地来到这一刻，当一本七百多页厚的文集被打开，一首沉淀多年的诗浮起来。我觉得真像是故去的作者刻意为之，为我写下了它，然后等我翻开这一页——

《你不是别人》

你怯懦地祈助的
别人的著作救不了你；
你不是别人，此刻你正身处
自己的脚步编织起的迷宫中心，
耶稣或者苏格拉底
所经历的磨难救不了你，
就连日暮时分在花园里圆寂的
佛法无边的悉达多也于你无益。
你手写的文字、口出的言辞
都像尘埃一般分文不值。

命运之神没有怜悯之心,

上帝的长夜没有尽期。

你的肉体只是时光、不停流逝的时光。

你不过是每一个孤独的瞬息。

瓶 中 书

花了个把月写完了两万字的短篇小说以后,忽然再提不起劲写字了。奇。同样花了个把月读完六十七万字的《古炉》,长长吁了一口气以后,忽然很渴望读别的什么书。于是这些日不写字,在同一张椅子上变换着各种坐姿,不同时辰亮着不同的座灯,读了《能不能请你安静点?》和《百年孤独》最新的中文译本。

很多天了,翻来覆去地听 Leonard Cohen 的双碟精选集。室友忍不住抱怨,说这种喃喃的音乐听了让人想割腕。我却只觉得这些歌特别诚实,歌者的声音也符合我的想象,来自一个桀骜不驯玩世不恭也相当自恋的诗人。更重要的是,这些歌曲的神髓与调子,和雷蒙德·卡佛的文字多么匹配。你看！你听！

什么？

生活！

两人都是三十年代生的北美洲人，都被同个时代背景历练过，都洞察而诚实，在庸俗平凡的生活里找到瞬间的诗意与光彩——人生并非冒险，只是一股莫之能御的洪流。

所以你看，所以你听，这么多年过去了，这些歌和这些小说却一点也不显得过时。毕竟多年以后，世人没多大变化，依然如他们所言般庸碌无聊，只能随波逐流，像枯叶般浮沉在生活中。

案上的中文书籍里，尚未读过的还有《法兰西组曲》与哈金的《在他乡写作》。我想我有点急于把它们都读了吧，读过了这些书也就没必要带走，我会把阅读过程中在字里行间用荧光笔标志了的词句抄在笔记本里，之后在书的扉页上签名，再将它们放洋，让它们流落到这没几个人懂得中文的国度。

命运会捡起它们。命运总是喜欢在每样物事上涂鸦，给它们画上不同的条码。

现在的我，对书，不再像以前那样有一股对物质的执着了。以前爱书，说是喜欢阅读，无疑也是恋物。那时每一本书都是收藏品，纵然明知道其中有些书自己此生不会有兴趣去读，却还是珍而重之地拿透明纸包好封套，再以某种我自己也说不清楚的系统将它们归类。那时一味想着要把书房里的书柜填满，而直至三面墙到顶的木书架被层层叠叠地堆实以后，那些书便有了一种反扑的架势，像是房间里站了三个背墙的巨人，像是他们哪一天撑不住了就会把书一股脑儿扔下来，埋我于乱书之中。

这不是噩梦，这是每一次我待在老家书房时，因感到窒息而产生的忧患。我总觉得那房间已经被我所未读过的书逐渐侵占。那些书让我感到心虚和愧疚无比，仿佛它们是我收藏于后宫却从未眷顾临幸过的三千佳丽。想是为了自我解救，我便下意识地成了"书贼"，每次回去总会从中取走几本至十几本书，带到别处读过后便不再"归还"，而是任其流放，让命运拿去速写或涂鸦。

因此，我每住过一处，最后总会留下一箱子书。先是五年前在云深不知处的木屋留下了一批，再是两个月前把北京住处的一箱书寄到上海2666书室，如今这一批真正地流落他乡，怪的是其中有些书是英翻中后再无本来面目了，却又被我挟带，回到英语的霸土。"把英文创作的中文翻译版留给英国人"，听着很黑色幽默，就像当初英国友人送我虹影的英文版小说一样，其意虽善，效果却未免荒诞。

至于我，我自己再明白不过，我的留书而去实非什么善举，除了为拥书太多来不及阅读而想自我救赎以外，多少也有一点"栽赃"般嫁祸于人的心态。一如博尔赫斯《沙之书》里的叙述者，因为承受不了一本辛苦获来的无始无终也无序的时间之书，最终得偷偷摸摸地，像是把一颗水珠葬于汪洋，将它放逐在图书馆的浩瀚之中。在我，书房以外的大世界便是我意念中的"公共图书馆"了，而且放弃它们我一点也不觉为难，毕竟我读过了，那些书于我便是另一种非物质层面的、柏拉图式的；由点而线，因曾经而永久的"拥有"。也唯有那样，读过，才不至于怠慢了书与书写者。

其实也忘了什么时候开始的事，因书满为患，房间里所有超载的书柜给我施加的压迫感，才让我从"拥有书"的执迷中逐渐醒悟过来。入得世间，出世无余啊。为这觉悟，先是不再费周章去给新书加衣了，再是看书时不再小心翼翼，也不怕玷污了书本，书里会有黄橙绿蓝的荧光，行与行之间会有因手上无尺而画不好的直线、页角或有折痕，书页间或有饼干屑，页面上也可能有水印干后不复平整的凹凸。我甚至渐渐欢喜，这样的书看着才像有过经历，才像曾经完成过它的使命，所以我读过了便会签名，算是给它一枚勋章。

领过勋章，便该让它展开征途，到别处建功去了。

这样真好，因舍而得，从此便有了一座看不见的书室建在脑子里。那里面的藏书我都读过，记得住的那些章节字句也都无可夺褫，都属于我。我确实意识到这书室的存在，我总在写字时忍不住翻查里面的书籍，调动那些深埋在记忆厚土里等待发芽的惊叹，便总会有些意象，有些情节，有些字句，从土中蹦出，犹如一朵花叫人不敢直视地瞬间绽放。我知道今天坐在这儿写下这些文字的我，这个被我以个人意志所塑造的"自己",无时无刻不是我所走过的路、体验过的生活,以及所有经历过我,也被我经历过的书本的总和。它们繁杂无序,能被我整理并书写出来的,唯一点点思及,以及所谓的"悟"吧。

这"悟"是禅语了,但我所领会的无关宗教,我说的是龛上无神,有所悟便是一星灯火长明。

这么想,我就觉得行旅世途而不断遗书,即便不算功德,也实在是一种浪漫的举动。再说,我当然是比世间许多人更浪漫一些的——我所读我所写,每一本书都有被流放的可能,每一本书也就像一个漂流在海浪中的瓶子。我想象自己能有那么多瓶子可以放逐,便不得不心虚,不敢不细心生活,专致读书,用功写字。我总怕投到海里的瓶子是空的啊,我怕瓶中无光,我更怕……环境污染。

耳 语

菫花露水田，幡然四十年。

——芥川龙之介《孤独地狱》

*

现在我不觉得世界很大了。不会比许多年前我攀上树顶，半个身子探出树梢时所看到的世界更大一些。彼时我看见的世界在风中婆娑，云下结伴的鸟影摇摇欲坠；寻常日子的声息窸窸窣窣地从远处传来。赤道上的日头把亮度一点点调高，我眯缝眼睛，看着光差将世界漂白，慢慢，慢慢地，视野中的万物失去了轮廓，继之失去色彩，被白雪那样的光亮逐寸覆盖。

现在我觉得自己听到了年少时曾经听到过的，从别家瓦顶下泄露的作息之声。其实只隔着一堵墙，邻人在钢琴上弹奏我叫不出名堂的曲子。这邻居我素未谋面，只知道是个日籍妇人，弹钢琴，与唱男高音的丈夫同为音乐家——当初我搬来这里，听室友这么粗略说了。

对这隔室之邻，我一直没去打听。半是因为淡漠，半是因为缘悭。他们也不住在隔壁。据说夫妇俩的居所在同栋楼的另一层，邻室只为妻子练琴之用，故而那房子平日多半无人，倘若有人，那人似是随身携着一口袋琴音的，开门的钥匙上挂着一串音符，未进屋里便已经叮叮咚咚了。

最近这两三个月，也许是为了筹备演出，妇人来得很勤，由晨而昏，隔墙乐声不绝，只有午餐时候稍歇。周末时我在厅里看书写字，或是窝在沙发上小憩，觉得那琴声无孔不入，如沙漏之沙，从原来属于听觉的质地，融入时间那无形无体无色无相却又无处不在的意义里。

不知是出于礼貌或是某种下意识的敬畏，只要知道妇人在墙的另一边，我行动时便轻手轻脚，计算机消音，更不敢开自己的音乐了。即便是傍晚练瑜伽的时分，也只是在脑中冥思空寂，不愿有任何声张。邻舍的真人演奏让我觉得自家的音响拙劣、音乐庸俗，拿它们去冲撞人家指间的乐声，感觉如同亵渎。

而就像我一直所坚信的——你给世界归还一秒钟的静寂，世界就回馈你一秒钟的声籁。隔壁的钢琴家似乎感知了墙这边所腾出的安静，慢慢地进入状况，从最初一两周纯粹而反复的练习到后来成了忘我的独奏，相同的乐章也就有了不同的意境。因为那样，我写字时也不戴随身听了，琴音是沙漏中的沙粒，是时光的耳语，一个音乐家的呼吸。她一定不晓得，那样的时刻，墙这边有另一双手也在键盘上敲打自己的世界。

有一个晚上，大概是饭后吧，那房子里来了好些人，当中有拉小提琴的，与弹琴者合奏了一曲《梁祝》。两把乐音丝丝缕缕，清晰而缠绵，如空中一对悠悠荡荡的蝴蝶，宛然一种耳鬓厮磨的意思。我听出了神，手指便一直悬在键盘上，直至一曲既毕，忍不住与那房子里的听众一起鼓掌。天知道那一刻我有多么激动和感恩，天知道我走了多少路拐过几个弯做过了多少人生的选择，才得到这机缘这福祉，在这晚上当一个隔室的领受者。

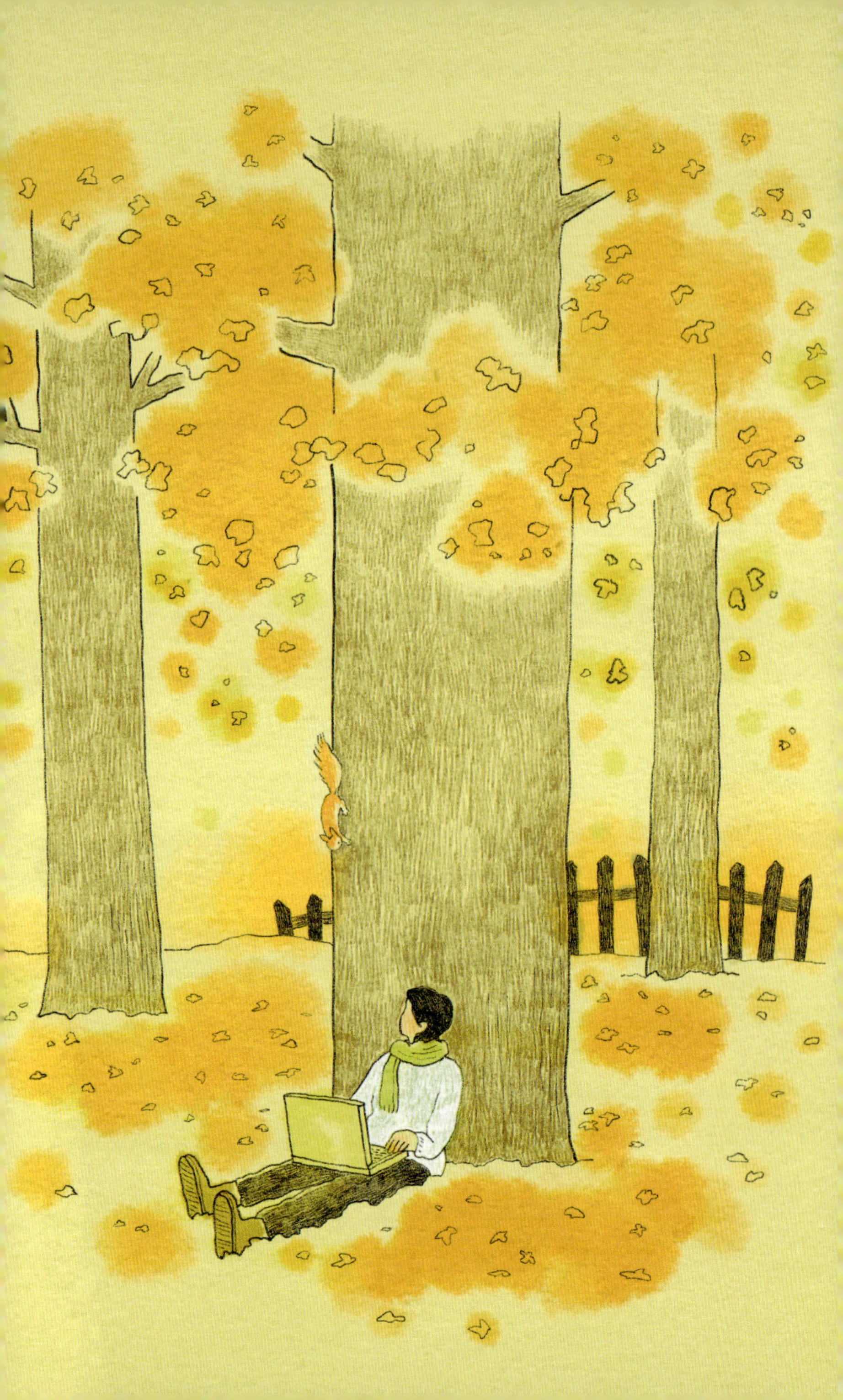

良人

在看到你的名字的那一瞬,我便明白了空格的隐喻,我听到了人世的词穷。

——《空格的隐喻》

挽

我们已失去了你的音讯。

此刻,人们在给你送行。我知道那种场面,黄白色的菊,黑白色的衣,人们的神情肃穆容颜惨淡。灵车会开得很慢,车头上有你的头像。我几乎可以想象出来他们选用了哪一张照片。那是若干年前拍的吧,彼时你一脸意气风发。

我只要闭上双眼就能看见。送行的队伍里有许多我熟悉的脸,只是因为你死了大家才发现彼此的苍老。仿佛因为你这个同代人突然离队,你突然停下来说,我走了。我们回过头去看你,看你在人间的日光中淡出,便如此破除了光阴施的障眼法。

因为已两三年未见,我回过头看到的依然是照片上的你。整日嬉皮笑脸,架在鼻梁上的眼镜有点书卷味,却掩饰不住一脸小聪明。这和人们说的并不相符,更和他们所描述的弥留时的你,完全两样。而今我却不忍去想起人们的描述,他们用的语言笨拙而残酷,像一把钝锈的锯子在割裂我的神经。为此我不免为自己的不在场感到庆幸,为你在我的记忆中"咔嚓"一声定格了的印象感到安慰。

现在是人们在为你的一生盖棺论定的时候。我可以想见人们低下头来暗沉着脸,用凝重的神色与窃窃的语调在谈论你的人生;那些纠缠不清的往年、往事、往者。这有一种戏终人散茶余饭后的况味。有人说听到你在病榻上的呢喃,有人说你在病中一直听到耳畔人语不休。我知道"有人说"是一切流言蜚语的开场白,它让接下来所有被口述的事情都言之凿凿却暧昧不清。再给点时间吧,时间会像风一样把下不成雨的积云吹散,把你的故事吹散;人们终会兴致索然,也终会淡忘。

我试过把事情想得淡然一些,譬如去想象死亡其实是一次梦醒,或者你醒来才发现自己身在另一场比人生更庞大的梦中。这有点像《楚门的世界》,只是我们都始料不及,正值壮年,你在人世的戏份突然被腰斩。而谁又可以过问呢? 命运随时都可以选择不落俗套,并且从来不对她写的剧本交代什么。

在写这些的时候,我想你已经在很远的路上了;也许才刚睁开眼,迎接一场新的大梦。人们已经失去你的音讯,大家在庄重的送行仪式中回想过去的点点滴滴,并骤然发现以前竟被时光捂住了双眼。至于我,似乎仍处于噩梦中要醒不醒的状态,像是被一只蝙蝠当头罩下,始终不愿松开它的指爪。

唉。终究是一场相识。你走了,我因为在远地而不能送行。但我总以为自己已经向你道别过了。就在那一天,他们发短信来,说你快不行了。晚上我便梦见自己站在他们所描述的病榻旁,看见他们所描述的你。房里十分昏暗,尘埃静止在空气中。你是昏睡着的,一直没有睁开眼睛。我站了很久,踌躇着要不要说些什么。及直后来似乎意识到快要梦醒,我便像鬼魂意识到快要听见鸡啼,幽幽地叹了口气,喊你的名字,跟你说:

再见了。

空格的隐喻

因为你在天国了，我想写些什么。

这小镇有一栋古老的天主教堂，上帝把它放到我的窗前，正对着我的书桌。朋友说，那是他初生时洗礼的地方。我观察过了，这教堂是镇上最高的建筑物。有时候我在外面散步，走了很久，自以为已经走了很远，回过身却依然可以看见一蓬蓬的树穹上冒出了教堂的尖顶。

尖顶上站着一只被时间点了穴的公鸡。

这样的教堂让我想起童年时的月亮，月亮上有被永恒上了发条的玉兔。所有人小时候或许都曾经一边奔跑一边抬头看，那月亮像一只不愿被遗弃的小狗，对每一个回头的孩子亦步亦趋。

朋友，因你如此良善，我只愿意想象，许多年后你终于被月亮赶上。她把你掳去，用光洁净你的身体，给你沉香、没药、月桂、薰衣草，让你在转身往天国奔去的路上，恢复小孩的面貌。

周六那天，教堂那里刚举行过一场婚礼。人们兴高采烈，新娘与女眷们如希腊神话中的仙子一样美丽。她们捧着手花，欢笑着结伴走过小径，穿越教堂前的墓园。那墓园我是拜访过的，里面的坟墓十分古老，许多坟上的碑文都已斑驳难认。我站在墓前，很不敬地怀疑墓下的棺木与骸骨都已化作春泥。倘若墓中有魂，想必他们都已经老得忘记了自己的姓名。

而新娘子与那些美丽的姑娘们，就那样捧着她们的花季，怀揣着生命的赞歌以及对美好明天的向往，欢快地穿过墓地。你可以想象那些躺在地下的逝者，那些已经把身体回馈了土地的人们，很可能曾经在教堂里受洗，并也曾快乐地挽着爱人的手臂，在某个湿冷的夏日到这教堂里举行婚礼。而今他们守着无名字的墓碑，沉静地看着人世运转如时钟，周而复始，一圈又一圈。

就在昨天吧，真的，就在昨天。那教堂在上午时举行了一场丧礼。人们依然聚集在教堂大门外。乳白色珍珠光泽的劳斯莱斯换成了黑色奔驰，男人与仕女们隆而重之地悉心配搭他们灰黑色系的衣着，并且因为下雨而一致撑了深色无纹的雨伞。我坐在那里，因为周六的印象与昨日的视觉重叠，便生幻象，以为婚礼与丧礼是同一批人演出的两场戏。

而我怎么也想象不到，你就在那时刻悄悄褪去肉身，回头往天国的方向飞奔。

夜晚我收到友人从家乡发来的短信。除了你的名字以外，短信上的其他文字全都无法显示，我只看见几个空格，像一道填空题，每一个空格都容许无数的想象与可能。然而在看到你的名字的那一瞬，我便明白了空格的隐喻，我听到了人世的词穷。我知道那么坚韧倔强的你，终于放弃了与病、与自然、与命运、与神的争持。

我没来得及厘清自己该为你感到悲伤抑或庆幸，黎明时便赶到机场搭乘去北爱尔兰的飞机。飞行让我以为自己离开你已死去的事实更远一些，而我到的小镇以一场夏季嘉年华为我接风。这里天高云低，隔岸的草原青绿如同上帝的地毯。风是滔滔不绝的风，雨是间歇性的雨。晚上我站在海堤上看烟花，同时感受镇上的人如何积极地争取这一场雨和下一场雨的间隙。我忽然感到伤怀了。生命原就如此，困厄与劫难，神的试炼与魔鬼的试探，总是如潮汐般一波未平一波又起。我们努力争取，图的只是一场烟花。

但我心里清楚，你毕竟与众不同，因你是少数能给这世界点燃烟花的人。而我们不过是观赏者，始终只能站在海堤上翘首等待。

待烟花穷尽以后，海上的明月便如抽过鸦片似的精神饱满。我在往回走的路上，赫然发现靠海的一栋房子，门楣上有你的名字。Marina House。这让我怔忡许久，怀疑着它会不会是神的暗示。有那么一瞬，教堂的意象浅浅浮现，我忍不住想象自己遇见了你的坟。

你已抵步，而我没走多远，始终还在穿越墓园。

方　寸

远行后回到小镇，推开门，看见我寄给自己的明信片。

两张于半个月前在里约寄发，由南而北，横过大西洋。另有一张前一日傍晚才刚投进 Londonderry 的邮筒。那毕竟也隔山隔海，而它竟比我更早抵步，这让 Londonderry 邮局门前的红色大邮筒变得神秘起来。它真像小叮当，那狭长的投信口似乎衔接着它的随意门，信投进去，就掉落到我小镇住处的地毯上。

除了明信片，我还收到了老师从家乡寄来的信。白色长形信封与老师那工整的黑色圆珠笔字迹都很好辨认。这些字，中学时看老师用粉笔抄写在黑板上，觉得笔画很瘦，但都亭亭，有君子风骨。我尤其神往的是字与字行与行之间十分均衡的间距，老师运笔有度，把它们稳稳当当地排列齐整，仿佛黑板上画好了只有他一个人才看得见的方寸。

我的字，总是在那时候受了些影响。多少年了，至今誊文写字仍然坚持把每个字都写得方方正正，务必要一清二楚。只是我写到现在，仍然无法看见那"看不见的方寸"。纸上要是无格无线，我的字免不了就会被地心吸力引入歧途。而只要有一个字失去重心，接下去的方块字便如骨牌似的一个扣住一个往下倒，颓势难挽。

因此我喜欢在浅浅印着横线的Ａ４纸上给老师写信。尽管我的字体那么壮实，它们也很不安分，会把手脚或头颅伸到线条外，大模大样地跨过属于它们的界限。但那些线条毕竟是我心里的地平线，有了它们我便心里有底，知道该在什么时候把快要被拐走的字唤回到队形里。也因为有了这些线条，我才比较有把握让老师知道，像我那样不羁，甚至有点离经叛道的人，也一直在努力建立自己的方寸。

与老师通信多年，他写来的信，十之八九都是问候、叮咛与规劝。偶尔老人家也会说些家里事，或不经意地抖出一些对岁月和人生的叹喟。即便是在说这些的时候，老师依然让他的字各就其位，每个字都像在皇宫门前站岗的侍卫一样，腰背挺直，目不斜视。说起来，从黑板到信纸，老师的字一直都一丝不苟，近乎拘谨，而且下笔很轻，看起来那么小心翼翼，像是怕用力了就会捅破那在他心里打好的方格。

　　我知道那方格规划的是我们在人际间的位置。那些字与字之间的分寸，在于一种谦逊知礼的自觉，以及因不愿逾越而保持的警戒。但老师从来不是一个刻板和墨守成规的人。中学时他让我写自己想写的作文，每周都认真地审批我那些不合规格的文章、除了有一次忍不住出言提醒以外（考试的时候可不能写这么长啊），始终没说过半句斥责的话。因为他的宽容与放任，我在年少时便享受到了书写的快乐。那时老师总给我的作文打最高分，却几乎没对我说过半句称许嘉奖的话。现在我想起来，便觉得那师生之间的淡漠未尝不是一种人际之间的分寸拿捏。只是彼时我太过年轻，不知、不解、不懂。

想到要给老师写信,已经是毕业多年以后的事。那时老师已经退休赋闲,在家里含饴弄孙。我记不起那信的具体内容,但深信自己当时必然写得十分用力,恐怕还曾经为了一两个错别字而重新誊了几遍。或许我把那信写在当年我最喜欢用的稿纸上吧。那稿纸的品质很好,每张有四百五十个明明白白而又比普通稿纸稍大的方格,能让我写的每个字都端正地安置其中。重要的是它让我更有把握让老师相信,当年那腼腆寡言,连一句"谢谢"也憋在心里的女孩,已经是社会上一个小有成就的写手。

其时我那么紧张,肯定写得非常使劲。也许我就像临摹帖子一样正襟危坐,用我受老师影响的字体,以及某种我以为和老师同样严谨的态度,战战兢兢地给过去不曾交谈,而后多年不曾碰面的老师写信。

没过多久,我收到了有着老师笔迹的白色长形信封。老师用黑色圆珠笔写上我的全名,并称呼我"女士"。

直至今日,我把老师的信笺从那几张明信片中抽出来,发现抬头仍然写着"女士"。记得第一次收到老师来信的那天,我为这生分的称呼站在家门前的菠萝蜜树下怔怔了好久。那是我第一次意识到人际间位置的转变。老师用一个称呼调整了我们的位置，提醒着我们都已离开学校的事实，又维持了某种点到即止的距离，既安分守己又不可亲近。

这称呼，让我看到了老师的清醒、执着，以及看似无为但十分强大的意志。

现在，因为要给老师回信了，这是生活中唯一还能，也必须执笔书写的时候。我拉起窗帘，亮了盏台灯，关掉音乐，比平日写作时要更庄重一些。我依然在用黑色墨笔，笔芯0.7毫米，字体五大三粗，写在印着许多灰色横线的A4纸上。这和以前在学校考试作答用的纸张十分相似，不同的是我再也拿不到考题，也没有了字数的限制。这真让人感到凄惶，如同在白纸上书写《无题》，怎么写都觉得不着边际。

但这是我长久以来，第一次平静地进入到"女士"的位置，以一个成年人的身份和心态，与老师在纸上对话。这是第一次，我以为我们之间画着的是双虚线；我们不仅是师生，而应该是朋友。

或许我又在逾越了,天晓得呢? 也许正因为如此,我才会喜欢把字填写在线与线之间。于是人们就无法定论,我是在试图约束自己,抑或根本就在享受逾越的乐趣。

印象派女人

你说，你收到我寄的明信片了。

是个周末下午，雨后天阴无明。寒意瑟瑟，得寸进尺。窗外秋色丛丛，黄与红，浅浅深深。低飞的群鸟啾啾，一拨一拨，半航西北半南东。凉风浙浙哉，落木萧萧。

记得我在卢浮宫那里寄出了三张明信片。给自己的是法国最后的古典主义画家安格尔一八一四年的作品《大宫女》。纵然英国这里的邮政局职员在闹罢工，让《大宫女》的行程一波三折。可她毕竟来了，且白璧无瑕，仍然丰乳肥臀，肌肤胜瓷，如刚刚才温泉水滑洗过的凝脂。

如今这宫女侧卧在我的书桌上，用两百年前的眼睛冷冷地回眸一顾。

古典主义，美人如玉。我知道你不欣赏这工笔般的干净和细腻。安格尔画的裸女像也都如此，土耳其浴室，瓦平松的浴女，所有人体都像会发光似的，背景和环境的细节处理让人叹为观止。可这些画最终都难免流于静态，仿佛被凝固在画布上的某个万分之一秒；一种连空气都来不及流动，超越肉眼可以捕捉的瞬间。而因为超越肉眼，这些静止的画像便也超越"自然"，总显得有点说不出来的诡异和别扭。

所以我给你寄了一张印象派。

那个站在斜坡上，阳伞下，暗影中，风高云低，衣袂飘飘而面目模糊的女人。

莫奈迷恋光影，热爱自然，喜欢用看似粗陋的印象派笔触去表现光与环境结合的瞬息万变。我以为动感是印象主义的一大特点，它有科学性的视觉引导作用，总让人觉得那光还在变幻之中。画家都作古了，良人不在，色彩却还在呼吸，风还在拂，草叶还在动。

那女人依然站在时空的高处。你和你的子孙将永远看不清楚她的表情与面容，却都可以感知她的凝眸。

我似乎曾经说过，莫奈的画风明朗欢快，不如梵高那强烈的悲情色彩让我情钟。但这一幅无面目的女人是个例外。我喜欢风中翻飞的她那帽子的丝带，也喜欢那几乎听得见扑扑声响的飞扬中的裙摆，它们叫我想起湍急的时光之河，滚滚东逝水。当然我更喜欢的是画中女人那或许不重要，却也不允许后世记认的面容。

我总想，人存于世大概就是这样了。一辈子活过去以后，留在世上的无非就是画中人物这种状态。即便最终能薄积名望吧，或有作品传世，但世人对于作者其人，能记取的仅仅是大环境中一蓬朦胧的形象。人们不过是硬挤出一点想象力，像参与作品完成似的，硬要把你人生轨迹中的虚线，甚至只是零星散布的几个点，用笨拙的线条连起来。

但我以为大多数人生命中的大部分时间，其实都活在无所谓的混沌之中。而像我这样的人，对于生命里遇到过的所有人而言，显然只是一个真实的符号和抽象的存在。你知道的，尽管那么多人看过我不同时期的自画像，但无人可在那些看似复杂的剪贴，以及各个面向的拼凑中，看懂其中的留白。

我知道唯有你知道，这世上所有认识我的人都不认识我。

但你也明白这样我就放心了。世界很小，人很多，到处都有三三两两的窃窃私语者，几乎没有太多空间让活着成为一件很私隐的事。所以我总是喜欢出走，从人生的一个阶段潜逃到另一个，或者换一个角色，并不断销毁痕迹，跟昨日的自己以及往日的人们玩躲猫猫的游戏。

这样我们就渐行渐远了，J。阳关道，独木桥。地理位置终于把我们之间的时间裂缝拉成了鸿沟，以致我们再也难以适时进入对方的梦中。但我们早已明白冬季终要来临，而这漫长人生就像多年生植物一样，必须舍弃所有金箔般的叶子去准备过冬。

就这样了。无论去到哪里，我将不会忘记抛下线索，让你知道我始终善待自己。而我知道，即便从来没有人看真切过那站在仰角中和光阴里的女人；纵然岁月汹涌，然而在她的身影被彻底风蚀以前，你，是她在这世上唯一的证人。

当我们同在一起

Facebook 上重遇旧友。两男一女,三个臭皮匠。

虽说都是前同事,但若非文学穿针引线,想当年报社众生芸芸,恐怕三人也不会萍水相逢。而今重会,想起"我们那一代人",仿佛世界自我们以后就转了个身。这样想很有黏着力,也有排他性,分外亲近。

但我说不出来,"我们那一代"究竟是怎样的一代。现在想想,忽然明白那是"我们仨"这小圈子的概念所制造的幻象。或者说,它很可能仅仅是我一个人的错觉。

说是小圈子,其实不全对。毕竟当时三人也不常聚首,不过是偶尔碰头,因报社中搞文学创作者稀,我们几个年龄相仿的"少数民族"便自然而然地,坐下来三杯两盏(咖啡，糖水或奶茶），闲扯报界风月，笑谈文坛八卦。往往茶尽人去，雁过无声，所有话题都无人跟进，像许多无法形成涟漪的小点滴。

彼时年轻，各怀志向。待时机到，东风临；待翅膀变硬，待风喂饱了船帆，我们便无可避免地"离散"了。如今一人留守老地方，两人江湖闯荡，且行且远且仿偟。人生这张大网撒出去便千丝万缕，覆水也似的，再难收放自如。这些年三人在生活的炼炉中各自炼丹，联系甚少，只知道大家尚在人间，依然与文字相好，且各人俱四肢健全，我们便似乎有理由让彼此的冷淡成其篇章。

这期间，上帝的地球仪仍滴滴答答地转，命运的揭盅时有惊举，而世情不外乎日升日落，天灾人祸；月缺月圆，悲欢离合。三人的所在之地都纷纷攘攘，社会动荡，经济衰退；人不得闲，心不静，则难以修灵山。于我，书写与阅读已是不作他想的修行之道，是我背向世界，虚拟一小片净土的唯一法门。

很多年了，我就修得那样小小的一片净土。它不在任何经纬度，而且小得只够我独脚站立，以致我只能努力保持平衡，好独善其身。但我确定自己已经许久没想起文学了。那是一个玄幻的词，一颗魔豆。亲爱的朋友，不要疑惑，我们一定以什么为代价，向上帝换取了它。

但魔豆也不过仅仅是魔豆而已。如果我们细心观察，定会发现它没有我们曾共同想象的那样稀罕。我以为这世上有许多人的衣袋里都有那么一颗豆子，却并非每个人都需要把它埋在地下。我们这些自以为已经种下豆子的人，才会像个拒绝相信自己已经上当的孩子，终日猫在那里等待豆子发芽，等瓜等果，等一树擎天，然后收成一个传说。

这个想法让我觉得"文学"这个词充满虚荣，像个膨胀了的、色彩醒目的热气球。看见它，我总忍不住回过头去，对年轻时虚妄浮躁却煞有介事的自己，小小地奚落一番。

而不管怎样，那天在Facebook墙上看到留言："希望有一天我们三人能像聂华苓、周梦蝶和痖弦，一起文学到老"，我忍不住想象我们在彼此的远方一起微笑。这留言让我隐约明白了"我们那一代"是怎么回事。我们三个，至少相对于我们以后的人，是那样地内敛、保守、古板，却又那样地情意深重，有着食古不化的浪漫。

说到经营文学，或说追逐文学理想，我想自己大概是三人之中最易沦陷的一个。但"一起到老"于我是多么美好的许诺，叫我十分向往。人生中没有多少朋友值得我们如此深信，又能如此坦然。即便天各一方，只要还读着书写着字，我们便相信三人始终还站在"我们那一代"的舞台上。肩并肩的，并且当所有照射在身上的灯光都熄灭以后，我们于黑暗之中相互拥抱、彼此祝福，也牵着手等待那一天，灯光再亮起来。

别忘了，我们还没谢幕呢。

掌故——致艾德里安

白日负五度,西北有风来。

日光洋洋洒洒,人们影影绰绰。戴上帽子与围脖,这样的大街与光影,天空薄如棉纱,似乎只要用力注视便能看见叠在云层背后的旧底片。我把手指一根一根伸进手套里,一根接一根,仿佛被另一只体贴的手温柔地拿捏。无来由地想起遥远的艾德里安。长相思,久离别。冷风把我的头发当琴弦,耳道成萨克斯风;眼眸凝波,吹不皱。真有那么一刹那,我不确定自己想起的仅仅是男子艾德里安,抑或他背后那广阔的远方。

远方到底是个什么地方? 落叶以何姿态漂流在水上?

脚下的牛皮靴子老了,手上的羊毛手套旧了。川迢迢山宛宛。两鬓晃荡的长发让我想起风中垂柳。朝如青丝暮成雪。天，抬头看看这一潭倒挂的冰湖，它算不算一泓明镜？

艾德里安，你在雨水充沛的远方都城。或许仍然开着你的越野车，山一程水一程，在颠簸的乡路上追寻多年前遗落在田野里的青春背影。你将永远记得那一夜星坠如雨，你与其他年轻男女微笑着偷偷翻过木栅栏，无人知晓自己是上帝在失眠夜里的绵羊。

而我站在街头，这里风一更雪一更，我的手指一根接一根钻进它们厚厚的旧茧中。从大拇指到小指，仿佛与另一只温暖的手吻合。

也许不是那样的，也许此刻你正坐在休息室内，手捧热咖啡，以掌心取暖。窗玻璃上划着雨痕，叶梢垂珠，露点青苔。你霍然记起以前有一个恋慕你的女子每天拨通你的手机，却什么也不说，只让你在电话里听她为你播的同一支曲子。现在你回忆起来才体会到那音乐中缓缓浮沉的忧伤，像早上有花瓣凋落过的桌面，夜里才透出鲜花的馨香。

美人之远如雨绝。望云云去远,望鸟鸟飞灭。珠泪不能雪。

这是不对的,我想象你在想象那是一个已在某日悄然气绝的女病人。已经好几年你没再接收到那一组号码打来的电话了,而此瞬那一曲几乎被遗忘的音乐袅袅升起,有如看不见的蝙蝠于斗室中萦回。你像此时的我那样感受到一种以前从未意识过的空缺。壶关远,雁书绝;所思何处?君在阴兮影不见。

我站在商场出口的阶梯上,感受每一根手指被另一根想象中的手指轻轻摩挲;我站在这里,如是想象你的处境以化解我在异乡的寂寞。这真是不太道德的一刻,当我想象光阴与爱情与失落,如末世的巨洪与审判,冬雷震震夏雨雪,将天涯彼岸的我俩同时淹没。

我垂下头,抿嘴窃笑。我这个无恶不作的孩子。

是这么回事,思念忽如感冒来袭,像心底的一撮死灰霍地又冒起火星。相思了无益,单思更枉然。艾德里安,我在东半球赤道以北,仿佛在长长一列车轨的这头,你在另一端。曾让我们相遇并短暂共处的时光号列车已轰隆地开过。在那车厢里谁不是过客呢？行人难久留，各言长相思。除了命运，真的，"命运"一词是这人世最古老的咒语了。除了命运，此后将不会再有任何列车让我们重遇。

我知道我所能拥有的就是这些。脑中那些电光火石的瞬间，它们像许多旧底片，以后还会被生活里的某些情境与氛围冲洗出零落的局部与不连贯的画面。你的手，你沉睡中有梦洋溢的脸，你所口述而我不曾参与的生命章节；那个在家自修，注视着母亲滑行在书页上的手指而完成了小学学业的孱弱男孩；年轻男女在流星雨下的拥吻。那些时光为我精心筛选的印象，它们光线充足，有清晰的线条与饱满的肌理。我的艾德里安，在一趟春梦般跌宕而漫长的火车远行后，我所拥有的就是一张被旧手套藏在掌中的票根。

恍若梦中完完整整地看了一场从未真实存在的好电影。

我不能说惆怅，亲爱的艾德里安。我们总会在衣服口袋，行囊夹层或读过的书本里，不时找到这些可以换取记忆的票根。像此刻的我把手交给一双旧手套，让羊毛的质感触动我，牵引我去倾听从时光远处传来的回音，也看见那些冲洗后一直晾挂在心底暗室中的旧照片。你还坐在那些图景里，双手捧着腾烟的咖啡杯；只是色彩业已减退，像爱一样，像记忆本身，像咖啡的香味，它们总是经不起耽搁而渐渐淡去，只有别后的祝福一日比一日浓郁和纯粹。我多想你终于找到那个为你在电话中播音乐的人，多想你找回了青春的影子，将她颤抖的手置于你的掌心。

走吧。意难忘，日色欲尽。前面总有另一班列车与另一场梦中等待上演的另一部好戏。如果你还持有属于我们那一段旅程的票根，或许你会看见我写在上面的格言——别在天黑以后才陷入思念。

拾 朝 花

春天已盛,良人安在?我呢,依然北栖,在人间烟火处,衣食无忧,且有闲愁,故无怨嗟可与人诉去。只是这些天连续赶了两本书稿的校订,二十六万字细说重头,一字一累,催人老花。

校书稿是细心人的活儿,我却一向面静心野,虽状似支颐入定,实则心思撒开,如泼水,如放飞。况且校对的是自己老早写了后读过许多遍的文字,所谓"字经三写,乌焉成马",而我还难免有作者的盲点,便索性纵容自己稍稍因循,早早完工。

稿子已发送出去了,此时我有闲暇,而街上风光明媚,心情美好而无聊赖,遂想起南方以南的人儿。思念如烟缠指，愈挥之愈萦绕，不如说点悄悄话吧。

这时节，草莓不错，油桃好。阳光也明净，晴空高远，觅云无处。昨日个出门一趟，城东而城西。小区外面有一条短短的林荫道，去途头上花开满径，归路一地落瓣飘零。清明以后春至此，花开花谢常是一宵之事。

我对这些异乡花草懂得太少，熹微中但见树树锦绣，又觉芳香薰人，当下心中欢喜，步履便轻快起来。哪晓得暮归时花已穷途，春老了，就这样吗？心里自然微微失落，有点责备自己因无知而致错失，怎么晨间只顾赶路，不为花留影？即便不拍照，起码也该在花荫下停一停脚步，稍沐于绯绯中，让春日最美丽的一刻来得及对我多说些什么。

我晓得伤花乃黛玉情，小女儿家心事，说出来是要被人取笑的。可伤春悲秋也实在是千古文人的特质。不是说"西郊落花天下奇，古来但赋伤春诗"么？古今多少奇文妙笔，词异情同，终究因感怀时日盛衰而生。那么吾女子亦弄墨，便让我在踏花路上多留一阵吧。彼时日已西颓，人影织织，树影丛丛，徒留我怔忡。我不由得想起那小小蝉儿来，数年伏于土，化羽成虫后高枝栖两周，嚷嚷过留了种，也就穷其一生。

此般伤怀，调子甚老，恐怕是年纪长了涉世渐深，况复去国有时，登山临水兮，不免满目山河空念远。这是"老"的序曲吧？已自觉走不出光阴笼罩，遂也感悟此生种种，物、事、人；它们如大珠小珠，总得由时光这主题来引线穿针。那些在时光中错失了的，似花坠水，因人心流变，纵回头情已所非，待老来朝花夕拾，教人不自胜的总非花期有时这回事，而只是哀叹错失本身。

这些文字，我拣了两段让家乡的年轻朋友先睹。她说读着很不"马华"。我知道的，因着这调声弄韵的古腔古调吧？要是我一直在老家，兴许也会觉得这般咬文嚼字十分作态，但我毕竟人在这里了，便开放感官领受节气更迭的幽微谕示，再用适切的语言文字予以表述。这些声调于我也非新识，多是青春少年时被唐诗宋词与金庸、梁羽生的武侠小说所熏陶。只是以前无情景对应，用时忒感别扭，而今却觉得像春花之朝荣暮落，自然而然。

我对朋友说，既然游踪在外，放情领略便是，何必执于在异乡风土中画出马华风景?

吾生有涯,从高处看,不外蝉生。我总想珍重生命里的每一个"当下",就此时此刻,感此情此景。它们不必应许什么,而因为世态无常,情难执守,它们也实在应许不了什么。我总是知道的,每一个我们拥有的"此刻",我们其实也正拥有着它的消逝。那是时间的本质,它在每事每情的反面,却又与事情一体。我是知道的,就像我知道每次按下快门摄下的风景,以及此刻我在使用的言语腔调,它们都正在消失。

说这些话时,不期然想起那一年在彼城的元宵情境。那一夜我们走在天上开满烟花的城中。烟花也如蝉,居高声远;烟花也如昙,即绽即凋。那也许是我生命中最繁华的一个夜空了,不管穿入哪一条巷子,举头可见天幕中无休止的盛放与陨落。我们停下脚步,看时光如一枚急速旋转的硬币,实时拥有实时失去。这会不会也是我们此生在天眼底下的形态呢?

我没有告诉你,当流云散,烟花坠如雨,那繁华之极也虚妄之至的时刻,我不敢转过头去,怕发现身边无人,自己已被时间遗弃。

那一夜漫长，其时多么感动；边行边伤怀，哭怕人猜，笑无滋味，而天亮了也就烟花散尽。这记忆要到生命中下一个渡头了，启航后山色水景迎面，回首绿波滔滔，才知觉缘法不过弹指，而我们毕竟未曾错失。终究止了步抬了头的，从银花火树看到了风急天高、落英纷纷，什么也没有遗漏。

我们何曾希望烟花在天上凝固？若真那样，烟花之美与时光那略带悲情的壮烈，甚至我们这故事中的缱绻，以后碧海青天的怀缅，便荡然无存了。

所以，良人啊良人，落叶哀蝉，睹物思人。虽此花非彼花，此城非彼城，却仍是眨眼即逝的美景良辰。外面风拂拂，絮状的花粉漫天乱舞了，终是飘不过海，去不到你那里的。蓬山远矣，好在我有字可寄，你会读到这些文字，我此时此刻的心事。以后或许有一天我仍得校对它们，一字一字地重读自己写的情书。我知道我会有盲点，会对自己的文字生腻，很可能也会为这些腔调感到别扭，不复此时的感觉美好。但你总归是坐在计算机前读过它们了,而且读时不禁微笑。那一刻,你笑的那一刻,之于我,将无可取代。

附录

我平凡的幸福里头也有哀伤,我的哀伤是因为你总在我的心海里游荡。

——《乱码》

乱　码

想起你总在瞬间。当我置身在小小庭园的花圃中，提着浇花壶有点怔忡起来。吊篮上垂下来的红色金鱼花盛开，蓬莱蕉在墨绿的阴凉角落里静思；彩叶草和富贵菊在微暖的和风中闲闲勾搭着，凤仙花丛忽然像起了一阵流言似的耸动。一旁的老万年青始终在凝视着什么。色彩围我在中间听她们唱歌；彩陶小鹿和颈项系了水草的鸭家族躲在粗肋草茂密的图纹中浅笑。我穿着工作服拎着小小的浇花壶，壶的莲蓬嘴还有水珠坠下。忽然觉得生活很庸俗但我快乐呢，而你还在漂泊。

偶尔是傍晚时牵着两只金毛犬去溜达，它们摇着鸡毛掸子似的漂亮尾巴轻快地走在前头，常常会停下来嗅一嗅人家的汽车轮胎。我不晓得它们在寻觅什么，我总是不很认真地怀疑着，但狗儿像吸大麻一样的沉溺与欢乐。我等了一会儿然后用力拉扯它们离开，离开那些我所不能想象的气味和癖好。遛狗要花上半个小时左右，我空白地跟在狗儿后头，会不经意想要用它们的模式去思考和感受。两只狗都不十分温驯，有时候在公园的草地上看见什么会突然发飙，而我总是不肯放手便唯有气急败坏地跟着它们飞奔。有时候我会摔倒，抬起头来看见狗儿仿佛断线纸鹞似的飞得很远很远了，它们跑进踢足球的孩童当中引起骚动，我爬起来，手掌沾着泥污和草香，膝盖流了一点血。我觉得有点痛又有点快乐，我听见孩童的尖叫和欢笑，觉得世界像一口井，有回声在头顶盘旋。忽然我想起你还在漂泊。

更多是在喝下午茶的时段，我宽下围裙把弄了一整个上午的蛋糕拿出来，烤箱还温着，盘子总还是烫手的。有时是我最拿手的红萝葡奶油蛋糕，有时候是试了很多遍却还嫌有点失败的阿尔萨斯苹果派。我泡了一壶旧街场白咖啡或三合一奶茶，随便找一个什么带子让它开着，可能是蔡琴唱的老歌、钢琴或萨克斯风音乐。下午的阳光液态地流进厅里来,那阳光很浓稠,漫入得有点慵懒。刚烤好的蛋糕妖娆地香着,咖啡的芬芳一贯地怀旧,听到《绿岛小夜曲》的时候会记起很久没去探望过的老母亲。我便一直那么空白地接受着这样的下午,音乐和阳光和食物饮料的香,缓慢地融入。我的灵魂掏空而干净,生活很静止,你还在漂泊。

说起来我是无时无刻不在想起你的漂泊了。生活慢慢地如此凝固起来,我渐渐地动弹不得,变成另一只彩陶玩偶匿藏在心爱的花草、宠物、音乐、蛋糕和咖啡之间。你怎么去想象现在的我呢?当你乘坐的火车正行驶在远方无垠的荒地上,而你咬紧下唇努力去思索文章的下一个句子,或是在为刚完成的小说想一个有气势的名字。你也许想到要给我捎一张明信片,我从菜市场回来时手上拎了塑料袋无数,要费很大的劲才可以将你的明信片从邮箱里掏出来。你的字迹因为铁轨上的颠簸而微微抖动,我曾经以为有什么事情值得你如此兴奋。明信片上偶尔有半首诗,偶尔是一些未完成的篇章中很自鸣得意的句子。你在哪里你去到什么地方了?我在石化中老去而你还在漂泊。

想念你，那是我在入定的生活中唯一的流动了。因为太想念了反而不愿意重逢，也许你很难理解我的害怕。我的裙裾上有洗不脱的油烟的气味，我的手指甲填塞了泥土和残余的花肥。我很久没有写作了，我读不懂文艺版上的新诗；我去喝存了十个印花换回来的免费拿铁咖啡，也排队买票看《蜘蛛侠》午夜场。大选那天我忙着换窗帘洗被单没有去投票；今年你生日时我夜里洗澡忽然泪流满面，我扶着墙壁坐下来不知所以地痛哭一场。我平凡的幸福里头也有哀伤，我的哀伤是因为你总在我的心海里游荡。

你变成了一面很遥远却老是逗留在视野某处的船帆。我收拾书房时会一次又一次忍不住翻开那些旧书去搜寻你的作品。它们提醒我，我这分明很写实的存在其实是相对于你的存在而存在的。而你的存在又是怎么一回事。有一回你在明信片上写"我写故我在"，这话极其虚妄而我嫉妒。我暗暗希望有一天你会被风浪打沉，别继续在我心里孤帆远影了，快放下你的笔什么都别说，有一天你不再前行你回来让我深深拥抱。我憧憬着你陪我一起整理花圃，试着把紫花大岩桐种好，也可以跟我带着狗儿到巷子另一头的小公园散步。午后我们尝着刚出炉的西点，什么话也不说就沉静地聆听你带回来的苏格兰手风琴或是印度小鼓乐曲。

　　这念头只是灵光一闪，但我马上觉得亵渎了你，你会感知吧，并且在疾行的火车上蹙眉。你从来不知道自己在追寻什么，一如我不晓得自己为何等待。我们分裂开来，有一些碎屑遗失了，是故我们再也无法契合。有一次我自没有情节的梦中扎醒，突然想问你的漂泊会不会只为了完成漂泊本身，如果世间真有那么庞大的行为却那么无为和单纯。也有一回是在与男人无话的车厢中，冷空气和收音机的声音一寸一寸地委顿与冻结，我没来由地捉紧肩上的安全带直视车镜前的长路、街灯和夜空。你还在漂泊的路上，这事情明明白白地澄清了我以为很实在的生活只是一种幻象，它很逼近真实，然而正如从来没完成过的诗作一样，终究什么也不是，充其量只是一堆被整齐排列的符码。而你是流动的，一处紧挨一处，一个字眼跟随另一个字眼，于是你的身世不断延伸，下一个驿站又有故事和诗句；爱情和痛楚相随，她们在月台上翘首等候，她们是你庞大的人生拼图中即将寻获的下一块小图片。

我呢，在漆黑一片的电影院里吃爆米花喝可口可乐，有一点点挂念家里初生的八只小狗。它们尚未睁开眼睛，都蜷缩着依偎在铺满碎报纸的大纸箱里。它们的母亲满足而安静，它曾经很沸腾很高亢的灵魂开始沉淀。小狗的新生命蠢蠢蠕动，它们都像你那样在充满怀疑的生命状态中挣扎。我是想念你的，在电影结束的时刻，故事中所有的悲剧性，譬如银幕上灰蓝而锐利的冷色调，男主角或其他某个角色死亡的慢速分镜，单调的牧童笛在远处奏响，有女高音呜呜拔高，这时候我的脑海便有你的身影缓缓淡入。黑白画面中老旧的车厢里你转过大特写的脸来，安抚似的给我展示一个坚毅的笑，眼角有鱼尾纹深凿。原来你也在老去；漂泊使你看起来沧桑、孤独、快乐。

别再让我说下去吧，再说下去我就会像其他妇人一样沉溺在自身的肤浅中了。虎尾兰新植入花圃，烤箱隐隐香着焦糖核桃派，坏了一只扩音器的音响播放着《魔戒》王者再临的电影原声音乐，狗儿趴在庭园中打盹。一切都圆满，这圆满附属于你那不完整的旅程。我躺在沙发上小憩，梦境都被掏净了等着承载,会是什么呢? 也许是你的诗和梦想。你在何处你去到哪里了? 你总是在路上。

这样我便蜷蜷入空白而幸福的梦中了。生活几乎完全胶着,真不想醒来而如果此刻我醒过来,会是因为邮差骑着摩托带来你的消息。那么狗儿会全部站立,同声吠起来。